KB050275

다섯 손가락

5 · 인 · 5 · 색 · 인 · 문 · 에 · 세 · 이

5인 5색 인문 에세이

다섯 손가락

초판 1쇄 인쇄일 2018년 11월 28일
초판 1쇄 발행일 2018년 12월 11일

지은이 박정숙, 박희채, 신아연, 양승국, 임창복
펴낸이 양옥매
교 정 조준경, 허우주

펴낸곳 도서출판 책과나무
출판등록 제2012-000376
주소 서울특별시 마포구 방울내로 79 이노빌딩 302호
대표전화 02.372.1537   **팩스** 02.372.1538
이메일 booknamu2007@naver.com
홈페이지 www.booknamu.com
ISBN 979-11-5776-648-2(03810)

이 도서의 국립중앙도서관 출판시도서목록(CIP)은
서지정보유통지원 시스템 홈페이지(http://seoji.nl.go.kr)와
국가자료공동목록시스템
(http://www.nl.go.kr/kolisnet)에서 이용하실 수 있습니다.
(CIP제어번호 : CIP2018038309)

*저작권법에 의해 보호를 받는 저작물이므로 저자와 출판사의 동의 없이
  내용의 일부를 인용하거나 발췌하는 것을 금합니다.
*파손된 책은 구입처에서 교환해 드립니다.

5·인·5·색·인·문·에·세·이

박정숙

박희채

신아연

임창복

다섯 손가락

양승국

책과나무

무르익어가는 어느 봄날, 서울 인사동의 정갈하고 아담한 한정식 집에 다섯 사람이 모였다. 평소에 서로 알고 지내는 사이지만 각기 다른 분야에서 일을 하기 때문에 얼핏 보아 공통점이 없는 사람들이다. 그렇게 서로 겹치는 부분이 없다는 것이, 그 다름의 느낌이 그날 우리를 한자리에 모이게 했고, 다름이 갖는 부조화를 조화롭게 엮어 한 권의 책을 내보자는 데에 의견이 모아졌다.

사람들은 어떤 대상이나 현상을 자신의 관점에서 보기 때문에 같은 사물이나 사안을 모두 다르게 인식한다. 그럼에도 우리가 사유와 성찰, 그리고 인간 공통의 정서라는 관점을 통해 대상과 세계를 대하려고 노력한다면 공유하고 공감할 수 있는 길이 열리게 된다. 그 공통 관점이 곧 '인문적 시선'이 아닐까.

책의 주제를 그렇게 정한 후 기왕 다섯 사람이 모였으니 책 제목을 『다섯 손가락』으로 하자는 것에 동의했다. 다섯 손가락은 생김새도 각각이고, 굵기와 길이도 다르고, 방향도 그 역할도 각기 다르다. 그럼에도 한 손바닥으로 인해 서로 연결되어 있다. 손바닥과 손가락은 전체 손이 되어 다시 팔에 연결되고, 팔은 몸통으로 이어진다. 사람이 어울려 사는 모습도 이와 같지 않을까. 우리 모두는 다섯 손가락처럼 서로 떨어지고 나뉜 채 아무 연관도 없이 각자의 삶, 각자의 길을 가는 것 같지만 결국 그 뿌리는 하나이다. 서로 연결되어 있다. 수많은 가지와 잎을 가진 나무도 하나의 몸통, 하나의 뿌리를 가진 한 생명체이듯.

박정숙 박사는 한문학을 전공한 한글 서예가로 조선시대의 한글편지를 총망라하여 집대성한 책을 냈다. 그것을 토대로 여기서는 편지글이라는 진솔하고 인간적인 양식을 통해 앞서 간 사람들의 삶을 인문적으로 더듬었다. 박희채 박사는 마음디자인학교 대표이사로 일하는 인문학자다. 주로 고전의 시선을 통해 본 현재의 삶에 대한 글을 쓰고 있다. 소설가이면서 칼럼니스트인 신아연 작가는 무심히 지나치기 쉬운 소소한 일상사를 맛깔난 글 솜씨와 통찰력으로 버무려 공감을 자아내고자 했다. 법무법인 '로고스' 대표 양승국 변호사는 과거 이 땅을 살다간 여성들의 억압받은 삶을 조망하여 현대의 페미니즘과 여성인권 문제와 관련된 글을 답사기 형태로 썼다. 건축가 임창복 교수는 건축의 종합예술적 관점 가운데 인문적 측면을 중심으로 전문적 건축물이나 시대적 건축 형식, 일상적 공간을 살펴보았다.

이렇게 서로 다른 분야의 무늬와 결을 가진 글들이 씨줄과 날줄로 교차하여 인문의 그림이 아로새겨진 오롯한 양탄자 하나로 짜였다. 봄에 뿌린 글의 씨앗이 110년래 유례가 없었던 폭염 속에서도 싹을 틔우고 알곡을 맺어 가을의 조촐한 결실로 거두게 되니 우리 '다섯 손가락', 이만하면 한 해의 흐뭇한 소출이라 하겠다. 이제『다섯 손가락』이 독자들의 다섯 손가락에 맞잡혀 공유되고 공감되었으면 하는 소박한 바람만이 남았다.

2018년 가을
박정숙, 박희채, 신아연, 양승국, 임창복

만 가지 이름의 우물 - 신아연

내가 만난 여인들 - 양승국

건축은 삶이다 - 임창복

일상을 예술처럼

· 박희채 ·

일상을 예술처럼 살 수 있을까? 나는 가끔 그런 생각을 해본다. 예술이란 무엇일까? 한 아름의 장미꽃이 아름답긴 하지만 그것을 예술이라고 하지는 않는다. 그런데 난해하기만 한 조각품에 감명을 받아 '예술이다!' 하고 찬사를 보내는 경우가 있다. 그러니까 아름다운 것이라고 하여 그것을 모두 예술이라 하지는 않는다.

무엇이 평범한 것들을 예술로 만드는가. 그것은 바로 작가의 깊은 사유와 번민이 창의적인 표현으로 타인의 마음을 움직일 때이다. 이만큼 나이가 들고서야 나는 비로소 일상을 예술 같은 삶으로 성숙시켜 가는 나 자신을 발견한다. 난해한 삶을 풀어나가며 깨우침을 얻고, 작은 기쁨일지라도 지난날의 번민과 고통을 보상받으며, 작품을 만지고 제작하듯이 나만의 일상을 만들어 간다.

photo by 최창익

아모르파티(Amor Fati)

지금 이 순간에도 우리는 꿈을 간직하고 그 꿈을 이루기 위해 살아간다. 이룰 수 있는 꿈과 이룰 수 없는 꿈 사이를 오가며 끝없이 미래의 기와집을 짓는다. 자신의 한계를 느끼고 꿈을 포기하는 이에게, 흔히 사람들은 '인생은 지금부터'라는 말로 위로와 격려를 해준다. '지금'은 생물학적으로 들숨과 날숨이 교차하는 찰나의 순간이다. 사람이 꿈을 갖는다는 것은 곧 그가 '살아 있다'는 것을 말하고, 살아서 숨을 쉬는 동안은 꿈을 포기하지 말라는 것이다.

인생이란 꿈을 이루기 위한 시간으로 채워진 각본 없는 드라마와 같다. 알 수 없는 운명이기에 더욱 알고 싶은 것이 우리의 마음이다. 그렇다고 운명을 미리 예측한다면 원하는 대로 삶이 바뀔 수 있을까. 내가 좋아하는 가수 故 김광석은 수많은 히트곡 중에서 잘 부르지 않는 노래가 있다고 무대에서 토로했는데, 바로 서정적 가사가 가슴에 와 닿는 노래「거리에서」라고 했다.

가수가 같은 노래를 계속 부르다보면 노래가사처럼 운명이 바뀌어 간다는 속설이 있기 때문이란다. 그랬던 그도 안타까운 젊은 나이 32살에 생을 마감하고 우리 곁을 떠났다. 어차피 피할 수 없는 운명이라면 기꺼이 받아들이고 즐기며 살아야 하지 않을까. 그가 아끼던 그 노래를 무대에서 실컷 불렀어도 그의 생은 같은 결과였을지 모른다.

어느 날 정기 모임 행사가 끝나고 마음이 통하는 몇 사람이 노래방에 갔다. 노래를 좋아하기는 하지만 잘 부르지 못해서 노래방에 가기를 꺼려온 터라 오랜만의 자리였다. 각자 애창곡을 부르다가 누군가 좀 신나는 노래를 부른다면서 김연자의 노래「아모르파티(Amor Fati)」를 불렀다. 몇 소절 들어보니 내가 평소에 생각하던 삶의 주제들을 고스란히 함축한 가사가 어쩌면 김연자 자신의 드라마틱한 삶과 중첩되어 있는 것 같아 묘한 감정에 사로잡혔다.

산다는 게 다 그런 거지 누구나 빈손으로 와

소설 같은 한 편의 얘기들을 세상에 뿌리며 살지

자신에게 실망하지마, 모든 걸 잘할 순 없어

오늘보다 더 나은 내일이면 돼

인생은 지금이야

아모르파티!

알고 보니 이 노래는 2013년 발표 당시에는 큰 인기를 끌지 못했으나 4년 만에 각종 매스미디어와 SNS를 타고 모든 연령대를 망라하여 큰 반향을 불러일으키고 있다고 한다. 트로트와 EDM(Electronic Dance Music)을 접목시켜 일부에서는 옛 것과 새로운 것의 만남으로 시대를 앞서나간 노래라고 호평하기도 한단다. 사람처럼 노래에도 어떤 운명이라는 것이 있는 듯싶다. 이 노래가 대중적인 사랑을 받는 이유는 음악성뿐만 아니라 주옥같은 가사가 불확실성 시대를 살아가는 현대인에게 주는 메시지 때문일 것이다.

'운명을 사랑하라'는 뜻의 'Amor Fati'는 독일 철학자 프리드리히 니체(Friedrich Nietzsche, 1844-1900)의 사상 중 하나다. 인간은 태어나면서부터 각자에게 주어지는 운명이 있다. 흔히 인간이 태어나는 순간 그의 삶이 정해져 있다고 보는 것이다. 그것은 인간이 시공간적인 한계 속에서 태어나고 그 안에서 살아갈 수밖에 없음을 인정하는 것이기도 하다. 그러나 니체가 운명을 사랑하라고 한 것은 그 한계점을 체념하고 주어진 대로의 운명을 받아들이라는 의미가 아니다. 오히려 능동적이고 적극적으로 그 운명을 수용하라는 것이다.

니체의 아모르파티는 우리의 인생에 대한 담대한 긍정이다. 궁극적으로는 신에게 운명을 맡기는 것이기도 하다. 자신의 정체성은 물론 자신의 신체부터 긍정하는 것이다. 키가 크거나 작거나 잘생겼거나 못생겼거나 그대로를 긍정하고 받아들이는 것이다. 그리고 자신의 성격에서 장점은 물론 단점까지도 있는 그대로 모두 인정하고 수용한다는 의미다. 즉, 자기 자신 그대로를 조건 없이 사랑하는 것이다.

우리의 삶은 결코 자신이 의도한 대로 흘러가지 않는다. 우연의 연속 같기도 하고, 우리가 알 수 없는 어떤 거대한 힘에 의해 이끌려 가는 것 같아 예상치 않게 힘든 상황을 맞기도 한다. 어떤 사람은 부단히 노력하지만 삶의 무게를 감당하지 못하고 좌절하는가 하면 어떤 사람은 노력한 것 이상으로 인생이 순탄하게 술술 풀리기도 한다.

김연자의 아모르파티를 다시 흥얼거리며 들어본다.

인생이란 붓을 들고서 무엇을 그려야할지
고민하고 방황하던 시간이 없다면 거짓말이지
말해 뭐해 쏜 화살처럼 사랑도 지나갔지만
그 추억들 눈이 부시면서도 슬펐던 행복이여

노랫말처럼 무엇을 그려야할지 망설이며 방황하던 나의 젊은 시절도 쏜 화살처럼 그렇게 빨리 지나갔다. 앞이 캄캄했던 두려움과 고통, 상처받은 기억마저도 꿈이 이루어지는 과정이었음을 알았기에 고마웠고, 운명을 잘 이겨낸 나의 인생이 눈이 부시게 값진 행복이었음을...

항상 그 자리에 있는 산

●

●

●

●

●

저만치에 있는 산은 아름답다. 아침 햇살에 빛나기도 하고, 안개 속에 잠기기도 하고 산등성이에 뭉게구름이 걸리는가 하면 붉은 저녁노을에 물들기도 한다. 자연의 그런 의연함, 초월함, 비장함, 이런 감동 때문에 자주 산을 찾는다. 그런데 등산을 할 때 느끼는 감정은 바라보았던 산과 많은 차이가 있다. 가까이 가면 갈수록 산봉우리의 조화로운 곡선과 신비로운 웅장함은 사라지고 험한 계곡과 우거진 숲과 그 안에서 살고 있는 산짐승들과 이름 모를 각종 벌레들을 만난다. 사람의 모습도 이와 같아서, 어느 정도 거리를 두고 볼 때는 그 사람의 치장된 겉모습만 보이다가, 가까이 알고 지내면서 그 사람의 겉모습에서는 볼 수 없었던 속내를 보게 된다.

나는 몇 군데 산행 모임에 가입해 있어 자주 산을 찾는다. 들머리에서 우선 등산장비를 점검하고 스틱을 조절한다. 처음 걷기 시작할 때는 앞 사람의 뒷모습만 보일 뿐 다른 것은 아무것도 보이지 않는다. 그러다 5부 능선쯤에 이르면 무엇인가가 발아래 보이기 시작한다. 산마을이 보이고, 그 마을을 잇는 길이 보이고, 그 길에서 움직이는 차들이 보인다. 그러다가 7부 능선쯤에 이르면 그 마을 뒷산 너머의 산이 보이고, 발아래 보이던 마을은 어느덧 시야에서 사라진다.

이런 등산로를 따라 정상에 이르면 사방이 눈앞에 펼쳐지고, 산 넘어 또 다른 산들이 연이어 나타난다. 산중턱에 서서 볼 때는 앞산과 뒷산이 바로 겹쳐져 있는 듯 하더니 정상에 올라 아래로 내려다보는 산봉우리는 구름이 휘감고 돌아 또 다른 공간의 신비로움을 연출한다. 산을 보면 언제나 신령한 것을 대할 때의 경외감이 든다. 유구한 세월 동안 비바람과 눈보라를 맞으며 묵묵히 그 자리에 변함없이 있는 것만으로도 믿음직스럽다. 특히 우리나라의 산은 외국의 경우보다 더 친밀감이 든다. 외국의 산들이 대체로 눈으로 보는 대상으로서의 산이라면, 우리의 산은 거창한 장비를 갖추지 않고도 그 품안에 들어가 안길 수 있는 산이다.

산을 오르다 보면, 산행길이 마치 우리의 인생길과 같다는 생각이 든다. 완만하고 평평한 곳이 있는가 하면 숨이 목까지 차오르는 깔딱고개도 만나게 된다. 그늘 하나 없는 길이 있는가 하면, 그늘이 연달아 이어지는 숲길도 있고 돌길도 있다. 등산객들이 밟고 지나가 반들반들하게 닳아 있는 등산로를 가로지른 앙상한 나무뿌리를 만나기도 하고, 커다란 바위가 떡하니 앞을 가로막을 때도 있다. 산에는 흙과 바위와 나무들이 어우러져 적절한 조화와 균형을 이루고, 그 안에는 우리가 다 알 수 없는 뭇 생명들이 각기 자신의 생존 방식대로 살아가고 있다.

산은 온갖 생명들을 품어 새 생명을 탄생시키고, 결국 흙으로 돌아가게 한다. 사람도 그렇다. 흙에서 태어나서 흙에서 생산되는 것들을 먹다가 결국 흙으로 돌아간다. 비가 오면 산은 그 빗물을 간직했다가 서서히 아래로 흘려보내 뭇 생명을 살린다. 많은 사람이 계속해서 산을 찾아도 산은 좋다거나 싫다는 내색 없이 넉넉한 품안으로 모두를 말없이 받아들인다.

우리의 몸을 감싸는 피부 위에 머리털과 솜털이 나 있는 것처럼 산도 나무와 풀로 덮여있고 바위들이 있다. 우리 몸에 뼈가 있고 온몸에 피와 진액이 흐르는 것처럼 산에도 수맥이 있어서 산꼭대기에서도 물이 나온다. 이처럼 인간은 자연의 일부이고 산도 인간처럼 살아있는 유기체와 같다.

그래서 우리는 산의 섭리에 스스로를 비춰보고 그것을 닮고자 산을 찾는다. 나는 많은 산을 가 보았지만 그 중에서도 북한산을 좋아한다. 서울 근교에 있어 자주 갈 수 있기도 하지만 산의 동서남북 어디에서 올라도 균형 잡힌 등산로와 듬직한 남성미가 느껴진다. 물론 후덕한 어머니 품 같은 지리산 종주의 기억과, 눈 덮인 설악산의 장엄함, 그리고 한라산 정상에서의 눈보라도 잊을 수 없다. 지금은 길이 막혀 갈 수 없지만 우리 7형제가 아버님을 모시고 올라 보았던 금강산의 기기묘묘한 절경도 잊을 수 없다.

밴쿠버에 살던 때 캐나다 로키산맥을 여행하면서 느낀 웅장함과 레이크 루이스의 아름다움에 매료되어 감탄했던 때도 그립다. 밴쿠버 동계올림픽을 치른 휘슬러의 설산에서 가족들과 스키를 타던 추억도 잊을 수 없다. 프랑스 몽블랑과 스위스 융프라우의 만년설, 오스트리아 티롤지방의 아름다운 산에 올라본 기억은 오래된 그리움이다.

일행들과 담소를 나누며 하는 산행도 좋지만 때로는 생각을 깊게 해 가며 혼자서 하는 산행도 좋다. 산행을 하면 산에서 더 큰 나를 만나게 된다. 산이 클수록 더 큰 기운이 느껴진다. 산을 바꾸는 것은 시간뿐이다. 계절 따라 모습이 달라 보이고, 더 많은 시간이 흐르면, 시간은 산의 모습을 바꿔 놓기도 한다. 사람도 그렇다.

공자는 "어진 자는 산을 좋아한다[仁者樂山]"고 했다. 그리고 "어진 자는 고요하다[仁者靜]"고 했으며, "어진 자는 오래 산다[仁者壽]"고 했다. 산을 가까이하는 사람은 어질고 고요해지며, 오래 산다는 말이다. 그래서일까, 대체로 산에서 만나는 사람들은 인심이 좋고 조금은 너그럽다.

우리는 가끔 산악인 누구누구가 어느 산을 정복했다느니 하는 말을 듣는다. 그러나 산은 언제나 그 자리에 그대로 있을 뿐 누구에게도 정복당한 적이 없다. 인간은 아무리 높은 산 정상에 올라도 땅에 딱 붙어있는 미약한 존재일 뿐이다.

사람의 시선은 항상 산을 올려다보게 된다. 올려다본다는 것은 내가 그 대상보다 아래에 위치한다는 말이다. 과거에도 있었고 지금도 있으며 앞으로도 있을 산, 나는 오늘도 그 듬직한 산에 가고 싶다. 혹자는 우스갯소리로, 산이 나에게 오지 않으니 내가 갈 수밖에 없다고 하는 사람도 있고, 산이 그곳에 있으니 간다는 사람도 있다. 그러나 나는 그냥 산이 좋아서 간다.

다섯 손가락

가슴으로 품은 섬, 독도

독도! 누군가 입에 올리기만 해도 먼저 애잔하고 미안한 마음이 든다. 마치 바쁘다는 이유로 멀리 떨어져 홀로 사는 자식을 못 만나고 있는 부모의 심정, 그와 같은 느낌이라고나 할까. 혼자서 찾아가기엔 왠지 먼 곳이라고 느껴져서 언제, 누구와 같이 갈까 생각만 해 왔는데 얼마 전 드디어 기회가 왔다.

'언젠가는 꼭 가 봐야지.' 하면서도 한 해 두 해 미루어 오다가 우리 모임의 동료들과 독도를 가자는 데 어렵게 의견이 모아졌다. 몇 번이나 계획이 무산되었다가 힘들게 성사된 독도행이어서 그런지, 출발 전일까지 단체카톡에서 서로의 의견을 주고받으며 마치 소풍가는 어린 아이들처럼 설레었다.

"강릉에서 새벽에 배편이 있으니까 전날 저녁에 모여 1박 합시다."

하루라도 빨리 독도에 다가가고 싶어서인지 하루 일찍 만나자는 데 의견이 일치되었다. 그러니까 독도에 가는 배를 타기 위해 강릉에서 1박, 울릉도에서 2박하는 일정이다. 울릉도에서 2박을 하는 것은, 혹시 날씨가 좋지 않아 독도에 가는 배가 출항하지 못할 것에 대비한 것이었다.

일반적으로 독도에 가기 가장 좋은 때는 바람이 없어 바다가 잠잠한 5월과 6월이다. 우리가 출발한 날은 비교적 맑은 날이었다. 배가 강릉을 출발하여 3시간쯤 지나자 저 멀리 울릉도가 보였다. 멀리서 보는 울릉도의 전경은 화산암이 많은 섬답게 회색빛을 띠고 있었다. 맑은 바닷물이 휘감고 있는 울릉도를 떠올리며 우리는 한껏 흥이 나서 저마다 감탄사를 터뜨렸다. 배가 부두에 접안하자 현지여행사 직원이 우리를 기다리고 있었다. 우선 호텔에 여장을 풀고 그를 따라 관광길에 나서면서 조금씩 실망감이 들기 시작했다.

배에서 바라보았던 울릉도의 자연 경관은 예상했던 대로 외국의 어느 휴양지와 비교해도 손색이 없는 천혜의 아름다움으로 우리를 반겼지만, 관광지로서 울릉도의 상황은 어디서부터 설명해야 할지 모를 정도로 혼잡스러웠기 때문이다.

자연을 손상시키는 난개발에 상업화된 관광지의 민낯을 여과 없이 드러내고 있었다. 우리나라의 대표적인 섬으로서 울릉도의 특색이 무엇인지, 도대체 어느 나라 섬인지, 주민들과 행정당국의 소통은 제대로 되고 있는지 의문이 들었다. 단지 관광을 하고 떠나 버리면 다시 보지 않을 사람들이라 함부로 대하든 것 같아 화가 나기 시작했다. 불친절함을 기본으로 해안가를 어지럽히는 노상식당, 비위생적인 관리와 자연경관을 무시하고 즐비하게 들어선 원색의 비닐천막들 등등.. 시급하게 개선해야할 일이 많아 보였다. 울릉도는 우리 국민 모두가 '독도의 형님 섬'으로 아끼고 사랑해야 할 곳이 아닌가.

다음날 아침 해가 밝았다. 날씨가 맑고 바람이 없으니 독도에 입도하는 데 문제가 없을 것이라는 승무원의 안내에 모두 기뻐하며 독도 가는 배에 올랐다. 울릉도를 출발하여 사방이 수평선인 망망대해를 항해하여 2시간쯤 지나자 드디어 멀리 독도가 보이기 시작했다. 사진이나 영상으로만 보던 독도가 실제로 눈앞에 보이니 신비로웠다.

섬 주변에는 갈매기가 분주히 날아다니고, 물결이 바위에 부딪치며 연신 크고 작은 파도를 일으키고 부서지며 우리를 반갑게 맞이하는 듯했다. 얼른 독도를 밟고 싶었고 작은 풀잎, 돌 하나라도 만져보고 싶은 충동이 일었다. 독도에 접안하는 순간 정복을 입은 독도 경비대원들이 일렬로 서서 거수경례를 했다. "일동 차렷! 경례!" 일반 관광지에서는 볼 수 없는 뿌듯한 광경이다. 일본과 분쟁지역이라는 긴장감을 고조시키는 경비대원들의 일사불란한 모습에 순간 정신이 차려지며 '아, 여기는 웃고 즐기는 휴양지가 아니지!' 하는 경각심이 들었다. 마침 바람이 거의 없고 날씨가 맑아서인지 동도(東島)와 서도(西島), 그리고 섬의 주변 모습까지 명확히 드러나 보였다. 훤히 다 보이는데도 이상하게 무엇인가 신비로움을 간직한 섬이라는 느낌이

들었다.

독도의 모습은 미디어를 통해 여러 번 접한 탓인지 별로 낯설지 않았다. 방문객들은 쉽게 올 수 없는 독도를 오래도록 기억하기 위해 너나 할 것 없이 그 모습을 사진에 담느라 야단들이다. 독도 해안은 최고 수심이 2천 미터가 넘는다고 해서 내려다보니 아찔한 현기증이 날 정도다. 검푸른 바닷물이 묵직하게 출렁거리며 그 아득한 깊이의 위엄을 보이고 있었다.

조선시대에는 독도 근해 푸른 바다가 강치들이 떼를 지어 헤엄을 치고 바위에서 합창하던 그들의 보금자리였다. 그러나 강치는 일본인들의 무자비한 포획으로 멸종되어 지금은 그 흔적조차 찾을 수 없다. 거기엔 또 얼마나 안타깝고 슬픈 사연이 서려있을까. 독도는 가슴 아리는 슬픈 역사를 가진 우리나라 막내 섬이다.

우리 일행이 독도에 내려서 섬을 둘러본 시간은 대략 30분 정도다. 방문객들을 위해 만들어 놓은 시멘트 포장길이 반질반질하게 닳아 있는 것으로 보아 그동안 많은 사람들이 다녀갔다는 것을 알 수 있었다. 우리도 남들처럼 그곳에 설치된 구조물들을 살펴보고 독도를 배경으로 기념사진을 여러 장 찍었다. 오랜만에 여기에 왔지만 어쩌면 다시는 못 올 것 같은 생각이 들었다. 독도에 오면 없던 애국심도 생겨난다는 말이 실감났다.

독도는 현재 우리가 실효적 지배를 하고 있는 대한민국 영토다. 일본은 기회가 있을 때마다 독도가 한국과 일본 간의 분쟁지역임을 국제사회에 알리고 있다. 그들은 독도를 지속적으로 분쟁지역화하여 언젠가는 국제연합의 사법기관인 국제사법재판소(ICJ, The International Court of Justice)로 가지고 갈 속셈이다. 국제사회에서 자신들의 입지가 강해질수록 재판에 유리할 것이라는 판단 하에 일본은 주도면밀하게 그 때를 대비하고 있다.

우리도 그들의 계략을 간파하여 관심을 가지고 국제사회의 각종 저작물 발행처나 관계기관 요로에 확인하면서 홍보해야 한다. 또한 우리나라도 일본처럼 정부기관의 전문 인력들이 독도에 관한 옛 문헌들을 발굴하고 연구하여 그런 문헌을 증거로 일본에 대항할 전략을 철저히 마련해야 한다.

울릉도에 도착하니 이른 저녁이다. 독도를 다녀오니 마치 밀린 숙제를 끝낸 듯이 홀가분한 기분이다. 우리는 호텔에 들러 가벼운 복장으로 갈아입고 저녁식사를 하기로 했다. 메뉴는 바닷가 주변 식당에서 해물 요리로 정했다. 식사를 마치고 바닷가를 거닐며, 일행 중 한 사람이 '아무래도 우리가 독도를 다녀왔으니 독도새우를 안주 삼아 술을 한잔씩 하는 것이 좋겠다.'는 의견을 내자 모두 웃으며 찬성했다. 전망이 좋은 곳으로 자리를 옮겨 술을 마시면서 각자 독도에 대해 이런저런 얘기를 풀어놓았고, 파도소리와 함께 울릉도의 밤은 깊어만 갔다.

나는 나로 살고 있는가

●

●

●

●

●

새벽 다섯 시, 매일 아침 내가 잠에서 깨어나는 시간이다. 눈을 뜨면서 살아있음을 인식하는 순간이다. 기지개를 켜고 심호흡을 한다. 나의 일상에서 언제부터인가 한 가지 늘어난 것이 있다. 아침공기 살펴보기다. 건너편 아파트 건물과 멀리 보이는 산이 얼마나 뿌옇게 보이는가로 오늘의 미세먼지 정도를 가늠해 보는 것이다. 그리고 반사적으로 커피머신기로 향한다. 예가체프 커피가 필터를 통해 내려지고, 진한 커피 향을 담뿍 담은 커피를 받아 오늘의 주요 뉴스를 체크하는 이때가 하루 중 가장 여유 있는 시간이다.

대체로 토요일과 일요일은 일정이 없다. 주말은 오롯이 나를 위한 시간으로 쓰려고 약속을 잡지 않는다. 그런데 습관이라는 것이 참 희한하다. 일을 하지 않고 쉬는 날은 게으름을 피우고 있다는 느낌이

들면서 죄의식 같은 것이 느껴지기도 한다. 왜 늘 바빠야 안심이 되는지 모르겠다. 마치 어떤 무형의 힘에 묶여 있는 것 같기도 하다.

이런저런 생각을 하다가 나른한 토요일 오후의 한가함을 만끽하려 소파에 등을 기대어 본다. 아무도 없는 이 집에서 누군가의 시선에 쫓기는 듯한 이 느낌은 무엇인가. 일을 해야 마음이 편한 나의 정형화된 의식이 다시 스멀스멀 기어 올라와 나태한 모습의 나를 한심한 듯 바라보고 있는 듯이 느껴졌다. 마치 쉬고 싶은 나와 타자의 시선을 의식하는 또 다른 내가 한 공간에 있는 듯하다.

얼마 전 독서토론회에서 한국인의 인성에 대해 대화를 나누었다. 한국인들은 왜 남을 그렇게 많이 의식하면서 살아갈까에 대한 유의미한 의견들이 있었다. 그중에서 내가 공감한 것은 좁은 땅에서 많은 사람들이 부대끼며 살아가는 데 따른 현상이라는 것이다. 좁은 공간에 많은 사람이 몰려 있으니 생존경쟁은 치열할 수밖에 없다. 그런데 문제는 그 경쟁이 공정한 것이 아니라 어떻게 해서라도 남을 배제하고 자신이 서야 하는 것이다. 그 과정에 자기인정욕구가 지나쳐 자신을 과대 포장하여 상대에게 강제한다.

또 다른 의견은, 한반도만의 지정학적 특성에 기인한다는 것이다. 우리는 반도에 사는 사람들의 특성과 섬사람들의 특성을 함께 지녔는데, 3면이 바다이고 위로는 국경 아닌 국경이 넘나들 수 없게 막고 있어, 섬에 갇힌 심리 상태에 있다는 것이다. 또한 역사적으로 외침을 많이 받다 보니 생존을 위해 남의 눈치를 지나치게 보는 DNA가 우리의 정신세계를 본능적으로 지배하고 있다는 것이다. 어느 정도 일리가 있는 말이라고 생각했다.

"인간은 타자의 욕망을 욕망한다"라는 프랑스의 정신의학자 라캉(Jacques Lacan, 1901-1981)의 말은 우리의 현실을 여실히 드러내는 것 같다. 우리는 스스로 원해서 어떤 것을 한다기보다는 내가 하는 일이 남에게 인정받기를 원하고, 인정받을 것이라는 믿음 하에 일을 한다. 일상에서 우리가 하는 행위, 즉 세수를 하고, 화장을 하고, 옷을 차려 입는 평범한 일조차도 남을 의식하는 상태에서 행한다는 것이다. 집에서 혼자 있을 때는 옷차림이나 치장에 신경 쓰지 않는 것과 대비된다.

이런 현상이 인간의 근본적인 욕망이라고 하더라도 우리는 거기에서 더 나아간 행동을 한다. 누구나 살아가면서 기본적으로 남을 의식하게 되지만 그 정도가 지나치면 문제가 있다. 어떤 행위를 하는 과정에서 의식적으로나 무의식적으로 지나치게 타자를 간섭하고, 심지어 그것이 폭력으로 이어진다. 우리는 상대를 돈으로, 아파트로, 자동차로, 옷으로, 학력으로, 심지어는 나이로 비교하고 차별한다. 그러면서 자기에게 유리한 쪽으로 자신의 위치를 정립하고 위안을 받으려 한다.

보여주기 위한 삶을 살지 않고, 진정으로 내가 가치 있게 여기는 삶을 살기 위해서는 어떻게 해야 할까? 우선 내가 누구인가를 알아야 한다. 그런데 그것을 알기란 쉽지 않다. 나는 어디서 와서 어디로 가

다섯 손가락

며, 무엇을 하기 위해 지금 여기에 있는가. 매일 잠을 자고, 잠에서 깨어나고, 음식을 먹고, 무엇인가를 하고 있는 나는 누구인가?

지구상의 많은 종교나 사상에서 여러 가지로 말하고 있지만 '나는 누구인가.'를 명확히 말해주지는 못하고 있다. 어설프게 말하는 것보다 차라리 모른다고 하는 편이 솔직한 답일지 모른다. 내가 누구인지도 모르면서 나 자신으로 산다는 것은 큰 모순이 아닐 수 없다. '나'의 정체성을 이해하는 것이 그리 간단한 문제가 아니다.

프랑스의 사상가이자 시인 폴 발레리(Paul Valéry, 1871-1945)는 "생각한 대로 살지 않으면 사는 대로 생각하게 된다."라고 했는데, 나는 지금까지 대부분의 삶을 사는 대로 생각한 것 같다. 물론 어떤 계획을 세우고 실천하는 경우도 있지만 반복되는 일상은 습관적으로 그냥 살아가는 것 같다. 살기 위해 밥을 먹는지, 밥을 먹으니까 살아가는 것인지도 명확하지 않다. 어떻게 그럴 수 있느냐고 의문을 가질 수 있겠으나, 그냥 그러니까 그런 것이다.

올여름은 계속되는 폭염을 견디기 위해 수없이 샤워를 한 것 같다. 그런데 나는 몸뿐만 아니라 마음에도 시원한 샤워를 한 기분이 든다. 이런 깔끔한 기분은 나를 둘러싼 인연들과 나의 기억 속에 있는 많은 것들을 나름대로 정리했기 때문이다. 이제까지 너무 바쁘게 살아온 것 같다. 나를 필요로 하는 곳이면 어디든 달려가 도왔지만, 이제는 조금 자제할 때가 된 듯하다는 점을 인식하게 되었다. 선한 뜻을 가지고 어떤 일을 했다고 해서 그 결과가 반드시 선하게 나타나는 것도 아니기에, 누군가에게 도움을 준다는 것도 상대가 간절히 원할 때 고려할 일이다.

흔히 몸과 마음이 일치하기를 원하지만 몸은 여기에 있으면서도 마음은 내 의지와는 달리 지구를 몇 바퀴 돌 만큼 온갖 세상사에 간섭받아 행동하는 경우가 많았다. 이제는 나의 마음과 몸이 함께 있도록 불러들여 스스로의 의지로 자존감을 높여 나가야겠다. 이 세상에서 아무 조건 없이 나를 사랑할 사람은 나밖에 없기 때문이다.

다섯 손가락

정치나 종교도 K-POP처럼 진화해야

얼마 전 재외동포포럼에 가입했다. 광화문에 있는 커피숍에서 포럼 이사장을 만나 그와 편하게 대화했는데, 많은 부분에서 서로 공감대를 형성할 수 있는 분이었다. 이사장은 내가 재외공관에서 영사로 근무한 경력이 포럼 활성화에 도움이 될 것이라 기대하였고, 나 또한 포럼의 활동에 공감하여 동참했다. 회원가입 후, 다음과 같은 공지사항을 보내왔다. "저희 재외동포포럼 카톡방에는 정치와 종교 문제는 올리지 않는 것으로 되어 있습니다. 감사합니다." 이것은 신규 회원들에게 공통으로 보내는 안내문이라고 한다.

"싸우고 싶으면 정치 얘기하고, 집에 가고 싶으면 종교 얘기하라."는 말이 있다. 정치 얘기를 하면 지역 다툼으로 발전되고, 종교 얘기를 하면 결국은 서로 관계가 멀어지는 상황이 생긴다는 말이다.

삶과 밀접한 관계가 있는 문제는 그만큼 타협점을 찾기 어렵다. 역사적으로도 이로 인해 얼마나 많은 분쟁이 있어 왔는가. 선진국에서도 현재에 이르기까지 해결책을 찾지 못하는 이유는, 분쟁으로 인한 이익의 몫이 자신에게 돌아오지 않는데 따른 반발 의식이 깔려있기 때문이다.

영국의 사상가 버트런드 러셀(Bertrand Russell, 1872-1970)은 정치 현상에 대한 혜안을 가졌던 것처럼 보인다. 그는 다음과 같이 말했다. 나라가 민주적이 될수록 지배자에 대한 존경이 줄어드는데, 민주주의 국가에서는 국민이 나라를 다스리는 사람들을 선출하므로 당연히 다수의 존경과 애정을 받는 사람, 현명하고 우수한 사람들이 선택될 것 같지만 실상은 그렇지 않다는 것이다.

공동체에서 평판이 좋은 사람들은 선거에서 이기려고 아등바등하지 않기 때문에 실패하기 마련이고, 이기는 사람은 전적으로 훌륭하다고만 할 수 없는 분야의 전문가인 경우가 많다는 것이다. 독자 출마한 후보는 막대한 규모의 선거운동 자금을 주무르지 못하며, 기성 정치인만큼 숙달된 테크닉으로 대중의 열정을 불러일으키지 못한다. 대중은 독자 후보에게 기부금을 내거나 표를 던지지 않는데, 당선 가능성이 별로 없을 것이라고 판단하기 때문이다.

그리고 특정 후보의 장단점을 캐보지도 않고 항상 찍어왔던 대로, 습관적으로 투표하는 경향이 있다. 보수 성향의 사람들은 맹목적으로 보수 후보에게, 진보 성향의 사람들은 무조건 진보 후보에게 투표를 하는 것이다. 이 습관으로부터 자유로운 사람은 없지만, 이성적 판단으로 습관에 지배당하는 정도를 줄일 수 있는데, 이런 변화에 의해서만 정치와 사회 모든 것을 달라지게 할 수 있다는 것이다.

우리는 정치인들의 비리나 스캔들이 보도되면 그들을 비난하고 질타한다. 그렇지만 민주주의 국가에서 선출직 정치인들의 수준은 결국 그 공동체를 구성하고 있는 사람들의 수준이다. 그러니 그 정치인을 비난하기에 앞서 우리 자신을 돌아보아야 한다.

다음은 종교에 대해 생각해 본다. 우리나라의 대표적인 종교는 기독교와 불교다. 세계에서 가장 많은 신도를 자랑하는 어느 교회의 목사는 130억 원 배임죄 확정판결을 받았고, 성범죄 전력의 목사가 목회 활동을 계속하고 있는가 하면, 어느 대형교회는 부자간 세습을 하여 물의를 빚고 있다. 내려놓고 나누는 십자가의 정신은 오래전에 사라졌다. 인정욕구와 체면 문화에 맞물려 스스로의 도그마를 만들어 그 안에서 권력을 형성하고, 곳간을 채우는 데만 열을 올리고 있다. 교회는 한국에 들어와서 권력이 되고 대기업이 되었다.

한국 불교의 본원이라고 할 수 있는 조계종의 문제는 심각하다. 총무원장의 비리를 고발하고 퇴진을 요구하느라 조계사 주변이 천막농성으로 어수선하다. 고요해야 할 사찰이 상시 농성장으로 변한 것 같아 기분이 씁쓸하다. 조계종 총무원장스님 퇴진을 요구하며 한 원로스님이 단식을 하고 있다. 이 폭염 속에서 벌써 40일째란다. 조계종은 지난번 총무원장 때도 몸살을 앓았는데, 이번 총무원장은 비구니

스님과 강제로 성관계를 해 낳은 딸이 있다고 한다. 교육원장스님은 여성 종무원을 성추행해 '미투' 고발의 대상이 되었고, 포교원장스님은 여직원에게 협박문자 메시지를 보냈다고 한다. 이 3명의 원장스님들이 퇴진해야 한다고 일부 스님들과 신도들이 농성을 벌이고 있다.

이런 현상은 21세기 오늘날의 한국에 나타난 것인가? 아니면 오래 전부터 있어온 일들이 매체의 발달로 쉽게 드러나는 것인가. 일제강점기 사학자이자 언론인으로 활동한 단재 신채호(1880-1936) 선생의 말이 생각난다. 그는 우리 민족이 깨어나기 위해서는 지난 역사에서 배워야 한다는 점을 강조했는데, 그의 말은 다음과 같다.

"우리 조선 사람은 매양 이해 이외에서 진리를 찾으려 하므로, 석가가 들어오면 조선의 석가가 되지 않고 석가의 조선이 되며, 공자가 들어오면 조선의 공자가 되지 않고 공자의 조선이 되며, 무슨 주의가 들어와도 조선의 주의가 되지 않고 주의의 조선이 되려 한다. 그리하여 도덕과 주의를 위하는 조선은 있고, 조선을 위하는 주의와 도덕은 없다. 아! 이것이 조선의 특색이냐. 특색이라면 특색이나 노예의 특색이다. 나는 조선의 도덕과 조선의 주의를 위하여 곡하려 한다."

선생은 "곡하려 한다."라고 했다. 그가 느낀 것은 우리 민족의 현상에 대한 안타깝고 애절한 마음이다. 나는 어쩐지 그 말에 공감한다. 물론 이에 동의하지 않는 사람도 있겠지만, 우리나라에서 일어나는 일련의 현상들을 보면 이해가 간다. 종교를 놓고 보더라도 우리나라 같이 극성스럽게 종교에 매달리는 나라도 없을 성싶다.

또한 우리나라에는 국적을 알 수 없는 문화와 언어들이 들어와 주인 행세를 하면서 판을 치고 있다. 그리고 마치 그 물결에 동참하지 않으면 시대에 뒤떨어지는 삶을 사는 것처럼 요란스럽게 흉내를 낸다. 지금 우리나라의 정치제도나 종교는 외래문화가 들어와 자리 잡은 것들이다. 주객이 전도되는 것을 경계하라는 신채호 선생의 고함이 들리는 듯하다.

　우리나라는 정치와 종교를 제외하고는 과학, 기술, 문화, 의학 등 점차 선진국에 진입하고 있다. 특히 IT나 스포츠, 예술 분야는 크게 두각을 드러내고 있다. 삼성전자가 세계 일류기업으로 성장하여 지구촌에서 삼성 제품을 빼고는 전자기기를 말할 수 없을 정도에 이르렀다. 스포츠 분야에서도 그렇다. 김연아 선수를 비롯한 스포츠 선수들은 세계인의 가슴에 코리아를 각인시켰다. 특히 여자골프는 박세리 선수의 영향을 받은 이른바 '세리 키즈'들이 전 세계의 LPGA를 장악하고 있다고 해도 과언이 아니다.

　또한 한류 열풍으로 지구촌이 후끈 달아올라 있다. 한국 드라마가 많은 국가의 안방에서 인기리에 방영되고, 한국 영화는 제작되는 대로 수출 호조를 이루고 있다. 방탄소년단(BTS)의 인기는 한류를 넘어 어디까지 갈지 모를 정도다. 뉴욕 시티필드(Citi Field)에서 열리는 첫 스타디움 공연 티켓 4만 장이 예매 시작과 동시에 매진될 정도다. UN에 초청받아 세계인을 상대로 한 연설은 큰 감명을 주기도 했다. 세계는 지금 우리가 생각하는 것보다 훨씬 더 뜨겁게 한국의 K-POP

을 갈망하고 배우기 위해 분석하며 모방하고 있다.

우리 정치와 종교의 지도자들은 냄새나는 구태를 버리고, 젊은 세대에게 급변하는 현재를 배워야 한다. 그들은 기성세대들이 도저히 흉내낼 수조차 없는 창의적인 아이디어를 내고, 그 아이디어를 실현해 가고 있다. 정치지도자들과 종교지도자들은 세대 간 소통을 원활히 하여 이 시대에 맞는 정치관, 종교관을 가져야 한다.

다섯 손가락

무엇이 우리를 행복하게 하는가

철학 강연은 아무래도 나이가 좀 지긋한 사람한테 듣는 것이 좋다. 그것은 단순한 지식을 전해 듣는 것 너머의 지혜가 스며있을 것이라는 기대와 믿음이 있기 때문이다. 내가 참여하고 있는 EBM포럼의 오늘 강사는 인문에세이 『100세를 살아보니』를 낸 후 '무엇이 우리를 행복하게 하는가.'에 대한 경험을 나누고 있는 연세대학교 철학과 김형석 교수였다. 김 교수는 올해 99세다. 불확실성시대의 정신적 지주가 되고 있는 노교수의 '행복론'은 이랬다.

인생 전체를 놓고 볼 때, 30세까지는 세상에 나올 준비를 위해 많은 것을 배우는 나이다. 물론 사람에 따라 60, 70, 80세까지 배움을 계속하기도 한다. 반대로 어떤 사람은 학교 공부처럼 일정 기간이 지나면 어느 순간 배움의 문을 닫아버린다. 평균적으로는 30년을 배운 후 그 다음 30년간은 사회에 나와 일을 한다. 말하자면 60세까지 사회적 활동을 하게 되는데, 이때 중요한 것은 가치관이다. 개인과 사회, 경제에 대한 가치관이 확실히 정립된 사람은 그 시기를 보람 있고 의미 있게 살 수 있다.

지금부터 약 80년 전, 20대에 일본으로 유학을 가서 5년간 머물며 일본 사람들과 우리 민족이 일을 대하는 방식이 판이하게 다르다는 것을 뼈저리게 느꼈다. 우리는 일본 사람들에 비해 게으르며, 일 자체에 열정을 쏟기보다 돈푼께나 있거나, 없는 사람도 적당히 돈이 모이면 그저 놀고먹는 것이 최고로 좋은 팔자라는 인식이 있었던 것이다. 그러니 일을 사랑하고 열정을 가진 일본 사람들이 우리를 침략하고 지배하게 되었던 것이다.

그 후 또 20년쯤 후에 미국과 유럽을 방문했을 때, 알게 된 것은 미국과 유럽인들은 일의 대가나 창출된 가치를 공유한다는 것이었다. 나는 그때 정치는 의회민주주의보다 더 좋은 정치체제가 없는 것 같았고, 경제는 미국의 자본주의보다 캐나다나 영국의 복지위주 경제정책이 더 우수하다고 느꼈다. 그런데 그때 제자가 이런 일화를 들려주었다.

60년대 어느 날, 공산체제를 대표하는 소련의 후르시초프 수상이 뉴욕거리의 록펠러 센터를 보고는 "한, 두 개인이 이렇게 많은 재산을 소유하게 되면 그로인해 얼마나 많은 가난한 사람들이 고생할 것인가."라고 지적했다. 다음 날 「뉴욕 타임스」에 "후르시초프는 큰 회사나 공장 같은 것이 개인 명의로 등록되어 있다고 해서 개인의 소유라고 착각하는 모양인데, 우리 아메리카에는 그렇게 생각하는 사람이 없다. 학자는 학문을 통해서, 정치가는 정치로, 예술가는 예술 작품으로 사회를 돕고 기여하며 풍요롭게 한다. 따라서 기업가는 그 기업을 통해 국가 경제에 도움을 주는 사람인데, 그것을 왜 개인의 소유라고 생각하는지 모르겠다."고 맞받아치는 기사가 실렸다.

세월이 흘렀어도 이런 사고방식을 가진 사람들은 여전한 것 같다. 즉, 부자 때문에 가난한 사람들이 고생하고, 많이 가진 자가 적게 가진 자를 착취한다고 착각하는 것이다. 나도 일본에서 대학 다닐 때 마르크스주의에 대한 책을 읽었기 때문에 그런 비슷한 생각을 하면서 캐나다나 영국의 경제 정책을 지지했는데 미국의 실상은 그렇지 않았다.

물은 높은 데서 낮은 데로 흘러가게 되어 있다. 높은 곳이 있으니까 낮은 데로 흘러가서 다시 올라오게 되는 것이지, 모든 곳이 낮기만 하면 물줄기가 흐르지를 못 한다. 내가 자본주의를 잘못 이해했던 것은 바로 그 지점에 있었다. 캐나다에서는 고르게 잘 살지만, 평균 경제 수준은 미국이 월등하게 높다. 그러니까 캐나다에서 유능한 사람들은 미국에 가서 벌어 온다. 그런데 미국의 못 사는 흑인들은 경제 평준화를 이룬 캐나다로 이민 가면 잘살 것 같지만, 막상 그들은 캐나다 보다 미국이 좋다고 한다. 내가 일하기 싫어서 현재 못사는 것이지 열심히 일하면 여기에서도 잘살 수 있다고 한다.

세계에서 제일 행복하게 사는 나라는 아마 뉴질랜드일 것이다. 넓은 땅에서 잘살지만 뉴질랜드의 유능한 사람들은 심심하고 답답하여 호주로 간다. 또 호주의 능력 있는 사람들은 영국이나 캐나다로 옮겨 간다. 따라서 우리는 미국의 자본주의에 대해 올바르게 이해해야 한다. 미국의 자본주의는 소유 체제가 아니다. 흔히 경제적으로 평준화된 사회가 행복한 사회라고 말하는데, 그것은 170년 전에 마르크스가 말했던 경제이론일 뿐, 170년 동안에 세상은 완전히 달라졌다. 요즘 우리 사회는 일자리 문제로 고충이 많지만 일자리는 기업가들이 만들어 내는 것이지 정부가 만들어 주는 것은 아니다. 기업을 통해서 좋은 경제 사회를 만들면 그 대가로 얻는 것이 내 행복이다.

한편 사회인으로서 보람 있는 인생을 살 수 있는 나이는 내가 생각하기엔 60세부터다. 그 나이는 '나 스스로 생각할 때 내가 사회 안에서 믿을 수 있는 나'인가를 숙고해보는 성숙의 시기이다. 그렇게 60세부터 성숙하기 시작하여 언제까지 성장을 할 수 있는가 하면 모든 사람들이 노력만 하면 75세까지 가능하다. 성장이 멈춘 다음에는 90세까지 그 성숙도를 유지할 수 있다. 그런데 내가 90세가 넘도록 살아 보니 그 다음 연령부터는 사람마다 다르기 때문에 일률적으로 어떻다고 말할 수가 없다.

또한 언제 행복했는가를 생각해 보면, 75세가 회기점이 되어 60세에서 80세 사이였던 것 같다. 100세 시대를 바라보는 이 시대에 어쨌거나 사람은 성장해야 하는데, 그것은 자기 노력에 달렸다. 따라서

다섯 손가락

60세부터 가장 소중한 책임은 내가 나를 키워야 되는 것에 있다.

인류에게 문화적인 혜택을 준 나라는 영국, 프랑스, 독일, 미국, 일본 이렇게 다섯 개 나라다. 그 다섯 나라의 문화와 문명의 혜택이 없었다면 지금 우리는 이처럼 밝은 세상을 살고 있지 못했을 것이다. 이 다섯 개 나라는 어떻게 해서 그런 지위를 갖게 되었을까. 한 가지 공통점이 있다. 그것은 국민의 80% 이상이 100년 이상 독서를 한 나라들이라는 것이다.

이들 나라에서는 지도자들도 전부 꾸준히 독서를 해 왔다. 그런데 중국은 모택동 시대 문화혁명으로 인해 인문학의 씨를 말리고 책을 도외시하게 되었다. 중국은 현재 독서를 하지 않는 나라다. 공업이나 기술적인 부문은 발전을 해도 국민적으로 사유와 사상이 받쳐주질 않는다. 독서를 하지 않으면 문화를 남기지 못해 민족이 병든다. 우리도 독서를 하지 않으니 국회의원들이 싸움박질밖에 못 한다. 중학생들도 책을 읽는 학생들은 폭력을 쓰지 않는다. 이들은 대화와 토론으로 갈등을 해결한다. 정신적 빈곤이 문제를 일으킨다. 나이든 세대들이 후배들에게 독서하는 모범을 보여 주었으면 좋겠다.

뭐든 나를 위해서만 도모하다 보면 인생에서 남는 것이 없다. 더불어 사는 것이 행복이다. 그리고 나의 일터가 행복의 원천이어야 한다. 내가 나날이 일상적으로 하는 일에서 행복감과 성취감을 느끼지 못하고 어떤 대단하고 위대한 업적을 남겨야 한다는 강박감으로 마음이 병들게 해서는 안 된다. 그것은 마음의 공허함 탓인데 이래서는 행복할 수 없다.

일상에 충실하며 오직 더불어 사는 마음을 가질 때 우리는 행복해지고, 각자의 행복이 모여 행복한 대한민국이 만들어지는 것이다. 그러면서 역사의 큰 흐름 속에 스며들게 되고 그것이 곧 역사에 동참하는 길이다. 거창하고 대단한 일을 생각하는 사람은 생각이 허황되어 현재를 행복하게 살 수 없다.

이상이 김형석 교수의 삶에서 우러나온 행복에 관한 강의 내용이다. 한 시간 넘게 진행된 강의 내내 한 번도 흐트러짐이 없는 고결한 학자의 모습에 나를 비춰보았다. 그리고 그의 저서 『영원과 사랑의 대화』에 친필 서명을 받고 기념사진도 남겼다. '더불어 사는 것이 행복'이라고 하는 원로학자의 낭랑한 음성이 이 글을 정리하는 지금도 여운처럼 남아있다.

멈출 줄 아는 지혜

긴 겨울이 지나고 봄기운이 일기 시작하는 어느 날, 절친한 지인으로부터 아들 결혼식에 주례를 맡아달라는 연락을 받았다. 나는 조금 망설였지만 친분을 고려해 수락했다. 그리고 인생의 선배 입장에서 아름다운 미래의 첫 발을 내딛는 신혼부부에게 어떤 말이 가장 도움이 될까 하는 생각을 하게 되었다.

사람은 일생동안 세 번의 '떠남'을 경험한다고 한다. 그 첫 번째가 어머니의 자궁에서 바깥세상으로의 떠남이고, 두 번째가 부모의 곁을 떠나 새 사람을 맞이하여 결혼할 때이고, 마지막 세 번째 떠남은 이 세상과의 이별의 순간이라고 한다.

결혼식이 대체로 그렇지만 L호텔이라는 고급 브랜드에 맞게 예식장 내 인테리어 역시 고풍스러우면서도 격조 있었다. 화려한 샹들리에에서부터 은은한 테이블 조명, 현악 협주곡이 잔잔하게 흐르고 세심하게 치장된 꽃들까지 내빈들에게 만족한 공간감을 선사하며 새로 탄생하는 부부를 맞이할 준비가 되어 있었다.

연단에 올라 신랑 신부 앞에서 주례사를 하려고 하니 약간의 긴장감과 함께 문득 내가 결혼할 때가 떠올랐다. 내가 신랑의 자리에 서서 주례 서정주 시인의 말을 들었던 때가 바로 어제 같은데, 지금은 주례의 자리에 서 있다니! 그때 서정주 시인의 말씀 중에 지금까지도 잊지 못하는 한 구절이 있다. '살다 보면 부부간에 다툼이 있을 때가 있습니다. 그때는 김칫국을 먹다가 사레가 들려 크게 재채기를 한번 했다고 생각 하십시오.'라는 것이었다. 당시엔 하객들이 그 말에 웃었고, 나도 대수롭지 않게 받아들였지만 지금 생각해 보니 그 주례사는 우리 부부에게 수 십 년 동안 기억에서 떠나지 않을 값진 메시지였다.

만감이 교차하는 가운데 신랑신부 앞에서, 그리고 많은 하객들 앞에서 주례사를 했다. 내가 신랑 신부에게 당부하고 싶은 말은 서로 '멈출 줄 아는 지혜'에 관한 메시지였다.

(전략)

오늘부터 신랑 신부는 한 가정의 남편과 아내가 되어 새로운 인생길을 가게 됩니다. 이제 혼자 가는 길이 아니라 곁에는 항상 배우자가 동행하는 것이지요. 남편은 아내를, 아내는 남편을 배려하고 존중하면서 서로에게 보호자가 되는 것입니다.

제가 인생의 선배로서 신랑 신부에게 해 주고 싶은 말은 인생길을 함께 가는 동반자와 '서로 발걸음을 맞추라는 것'입니다. 발걸음을 어떻게 맞추면 좋을까요? 정상적인 걸음걸이를 생각해 보면, 오른발이 앞으로 나갈 때는 왼발은 잠시 기다려야 하고, 왼발이 앞으로 나갈 때는, 오른발은 잠시 기다려야 합니다. 기다리는 것은 무엇이 부족해서가 아니라 앞으로 나가는 발을 위한 배려이고, 더 힘찬 발걸음을 내딛기 위한 준비입니다.

사람이 가진 위대한 덕목 하나는 '잠시 멈출 줄 아는 지혜'가 있다는 것입니다. 만약 오른발이 앞으로 나갈 때 왼발도 같이 나가고, 왼발이 앞으로 나갈 때 오른발도 같이 나간다면 어떻게 될까요? 두 발이 동시에 땅에서 떨어지고, 동시에 땅에 닿게 됩니다. 그렇게 되면 깡충깡충 뛰어서 가기 때문에 멀리 가지 못합니다.

부부로 같이 산다는 것은 이렇게 서로를 인정하고 지켜봐 주면서 하나의 목표를 향해 발을 맞추어 가는 것과 같습니다. 남편이 자기 입장을 주장하면 부인은 잠시 참으면서 들어 주고, 부인이 불만을 토로하면 남편은 잠시 화가 풀리도록 기다려 주어야 합니다.

잠시 멈추고 기다려준다는 것이 왜 중요할까요? 기다리는 그 짧은 시간은 내 마음이 상대의 마음과 만나는 순간이기 때문입니다. 그 '잠시 기다림'의 결과로 부부는 소통이 되고 문제가 해결됩니다. 그것은 곧 서로 교감이 이루어지는 순간을 경험하는 것입니다.

. . .(후략)

주례사가 끝나자 신부를 위해 신랑이 직접 축가를 불렀다. 에드 시런(Ed Sheeran)의 「Thinking Out Loud」를 멋지게 부르는 솜씨가 가수 못지않았다. 신랑의 노래를 듣는 신부의 눈에 구슬처럼 맑은 눈물이 맺혔다. 하객들도 신랑의 노래에 감동하고 있다는 것을 조용히 경청하는 분위기와 큰 박수소리에서 느낄 수 있었다. 신랑은 노래를 잘해서 공영방송에 출연한 적이 있을 정도이니 과연 분위기를 압도할 만 했다.

부부의 사랑을 애절하게 표현한 아름다운 시 한 편이 생각났다. 중국 원나라의 여류시인 관중희가 화가인 남편 조맹부를 위해 지은 시다. 미녀에게 한눈을 팔던 조맹부는 아내로부터 이 시를 받고, 크게 감동하여 곧바로 아내에게 돌아갔다고 한다.

그대는 나의 것

나는 그대의 것

뜨거운 사랑에 빠져 있는 우리는

불같은 감정에 싸여 있네

흙 한 덩어리로 당신을 만들고

또 한 덩어리로 나를 만들어

다시 모두 부수어 물을 붓고 섞어서

하나는 당신을 만들고

다섯 손가락

다시 하나는 나를 만들어

내 가운데 당신이 있고

당신 가운데 내가 있어

살아서는 한 이불 속에

죽어서는 같은 관 속에 있으리

　자연 현상을 보면 많은 생물은 개체의 생명을 지속적으로 보존하기 위해 암수가 종족 번식을 목적으로 결합한다. 사람의 결혼 역시 자연의 관점에서 보면 남녀가 서로 만나 물리적, 화학적으로 결합하여 종족을 남기려는 일이라고 할 수 있다. 그럼에도 불구하고 인간은 결혼을 통하여 단순한 종족 번식의 차원을 넘어, 사랑의 힘으로 그 이상의 창조적 가치를 이루어 내는 것 같다. 오늘 결혼한 부부가 부디 잘 살아주기를 바라 본다.

2018년 여름을 보내며

올여름은 유난히 덥다. 기상청에서는 연일 폭염 예보를 하고 있다. 행정안전부와 서울시에서는 폭염에 적절히 대처하라는 안내 문자를 수시로 보내온다. 예보에 의하면, 오늘과 내일이 기상 관측 이래 111년 만에 가장 덥단다. 문밖에 나서면, 몇 년 전 사우디아라비아의 프린세스노라대학교에서 근무할 때 늘 맡던 냄새가 났다. 태양열에 달궈진 대지의 냄새, 고온에서 달군 흙 같은 그 냄새는 나를 더욱 덥게 한다.

우리나라에서는 분지인 대구가 다른 지역보다 더 덥다. 그래서 대구를 '대프리카'라고 부르기도 한단다. 그런데 기상 예보를 보니 올해는 지역에 상관없이 한반도 전체가 펄펄 끓는 것 같다. 포장도로가 열팽창으로 인하여 파괴되는가 하면, 강한 햇빛에 여기저기서 자연

다섯 손가락

발화가 일어나기도 한다. 해수욕장의 백사장을 맨발로 걸을 수 없어 그런지 낮에는 피서객들이 거의 없고, 주로 해가 진 뒤 밤에 많이 나온다고 한다. 그런데 밤 기온 역시 만만치 않은 심한 열대야가 계속되고 있다.

우리는 더위가 심한 곳으로 흔히 중동 아프리카를 말한다. 마치 더위의 상징처럼 된 그곳에서 나는 12년을 살았다. 중동이나 아프리카가 더운 것은 사실이지만 나라마다 다르다. 어떤 나라는 습도가 높아 고온 습식 사우나에 들어간 느낌이 들 정도인가 하면, 섭씨 40도를 훨씬 넘는 기온에도 습기가 없어 무더위를 느끼지 못하는 나라도 있다. 기온이 높을수록 더운 것이 당연하지만 습도가 더위 체감을 좌우하는 것 같다.

얼마 전 서울 삼성동 봉은사에서 한국으로 바캉스를 왔다는 프랑스인 부부를 만났다. 남편은 영어 소통이 겨우 되고 부인은 프랑스어만 가능했다. 그들은 대학에서 종교미술을 가르치는데, 방학을 이용해서 동양의 불교미술을 보기 위해 아시아를 방문 중이라고 했다. 인도와 중국을 거쳐 한국에 왔고, 일본을 경유해 프랑스로 돌아갈 예정이란다. 한국에 온 지 1주일이 넘었는데 그동안 제주도에 있는 사찰과 불국사, 해인사, 화엄사를 다녀왔다고 한다. 이 부부는 사찰의 탱화와 단청에 큰 관심을 보였다.

프랑스를 떠난 지는 거의 두 달이 되어 가는데, 여행 계획을 세우면서 한국에 대해 기본적인 정보는 공부하고 왔단다. 그런데 한국이 이렇게 더운 나라인 줄 몰랐단다. 자기들이 파악한 정보로는 한국의 여름 날씨가 덥기는 하지만 이 정도는 아니었다는 것이다. 그 말을 들으면서 '사실 나도 우리나라 여름이 이렇게 더운 줄 몰랐다'고 말해 주고 싶었다.

부인은 내가 프랑스어를 하자 신기하게 생각하면서도 매우 반가워했다. 사실 나는 6년 동안 프랑스어를 사용하면서 생활했다. 프랑스에서 3년, 아프리카 가봉에서 3년을 살았다. 그때는 별 생각 없이 그냥 살았던 것 같은데, 돌이켜보니 참 귀한 시간이었다.

그들과 헤어지고 그들이 말한 바캉스에 대해 생각해 보았다. 사찰 경내를 거닐면서 바캉스를 생각하는 것이 좀 생뚱맞다고 생각할지 모르지만, 바캉스와 불교는 매우 깊은 연관이 있어 보였다. 프랑스어인 'Vacance'라는 말은 라틴어의 'Vacatio'에서 나온 말로 '비어 있다'는 의미다. '몸과 마음을 비운다.'는 의미를 가진 바캉스와 불교의 핵심 사상인 '공(空)'이 서로 맞닿아 있는 듯하다.

일반적으로 바캉스를 떠난다고 하면 여름철에 떠나는 휴가여행을 의미한다. 휴가여행은 일상에서 벗어나 좀 쉬러 가는 것인데, 실제는 여기저기 바쁘게 구경 다니느라 죽을 고생을 한다. 바캉스, 즉 비운다는 것은 결국 몸과 마음의 환기를 통해 내 안에 있는 나를 비우고 본래의 나와 조응하는 것이 아닐까.

바캉스는 1936년 프랑스에서 주 40시간 노동과 연 15일의 유급휴가를 법으로 정하면서 시작되었다. 노동과 일상사에 얽매여 있던 프랑스인들에게 연간 15일의 바캉스는 많은 변화를 가져왔다. 그 후 1969년에는 휴가일수가 연간 4주로 늘어났다. 내가 파리에 살던 때, 대선에서 미테랑 후보가 지스카르 데스탱(Valéry Giscard d'Estaing, 1926-) 현직 대통령을 누르고 당선되면서 사회당 정부가 들어섰다.

사회당이 집권하여 1985년부터 법정 휴가일수가 5주로 늘어 프랑스인들은 세계에서 가장 먼저, 그리고 가장 긴 바캉스를 향유하는 국민이 되었다. 대부분의 프랑스 사람들은 7월 초부터 8월 말까지 여름 바캉스를 즐긴다. 파리 같은 대도시도 바캉스 철이 되면 시민들은 휴가를 떠나고, 세계 도처에서 몰려든 관광객들이 파리의 주인이 된다.

프랑스 관광부처의 통계에 따르면, 올여름 바캉스를 떠나는 프랑스인들은 총인구의 45%에 달하는 3천만 명으로 사상 최대치라고 한다. 그중 1/3 정도가 외국으로의 휴가여행을 계획하고 있다. 대서양과 지중해, 그리고 알프스와 피레네산맥으로 둘러싸인 아름다운 프랑스 대신 외국으로 나가는 것을 보면, 사람들은 언제나 변화와 다름을 좋아하는 것 같다.

전통적으로 자국에서 바캉스를 보내던 프랑스 사람들이 주로 찾는 외국 휴양지는 튀니지 같은 북아프리카나 그리스와 그 주변 섬들이다. 그런데 요즘은 아시아 쪽으로도 많은 사람들이 몰린다. 과거 프랑스의 식민지였던 베트남, 태국 및 말레이시아 쪽으로 가는 사람들이 18%나 늘었다고 한다. 그리고 더욱 놀라운 것은 일본행이 68%나 증가했다는 사실이다. 관광 진흥을 통해 관광대국으로 변화하는 일본이 부럽고 예사롭지 않아 보인다.

　우리나라를 찾는 외국인 관광객들은 한국에서는 별로 볼 것이 없다고 말하는 것을 들은 적이 있다. 특히 중국을 거쳐 오는 관광객들은 우리나라 관광자원이 중국에 비해 너무 규모가 작고 빈약하다고 한다. 사실 중국의 역사유적은 규모 면에서 우리와 비교가 안 될 정도로 방대하다. 그리고 최근에는 중국 정부에서 그들의 전통문화를 세계에 소개하기 위해 많은 노력을 기울이고 있다.

　대외적으로는 세계 주요 나라에 공자학당을 만들어 중국어를 가르치고 그들의 전통문화를 소개하고 있다. 대내적으로는 각종 문화유산을 지속적으로 발굴하여 공개하고 전시하여, 중화민족의 자긍심을 높이고 문화적 우수성을 알리고 있다. 이것은 단순히 관광객의 호기심을 충족시키는 수준이 아니라, 막강한 G2 국가로서의 위상을 제고하고자 하는 것이다. 문화유산은 하루아침에 만들어지는 것도 아니고, 인위적으로 급조해낼 수도 없다. 우리나라도 소중한 우리의 문화유산을 잘 보존하고 관리하여 그 진가를 제대로 보여줄 수 있도록 노력해야 한다.

　올여름은 날씨가 너무 더워서 피서하는 사람들이 많다. 그러다 보니 신조어가 생겼는데 쇼핑몰에서 피서하면 몰캉스라 하고, 대형 서점이나 도서관에서 하는 피서를 북캉스, 호텔에서 하는 피서는 호캉스라고 한단다. 그렇다면 나는 북캉스를 하는 셈이다. 도서관과 대형 서점에서 책을 보면서 나를 찾는 여행을 하고 있으니 말이다.

　　　　　　　　　　　　　　　　　　　다섯 손가락

지구 반대편으로 가는 길

●

●

●

●

●

  태양의 열기가 대지를 달구는 8월 어느 날 오후다. 과천에 있는 국립현대미술관을 찾았다. 이성자 화가 탄생 100주년 기념 미술전시회를 보기 위해서다. 내가 이성자 화가를 만난 것은 1981년 어느 봄날, 파리의 그랑 빨레(Grand Palais) 미술관에서다. 대부분의 관람객이 유럽인들인 곳에서 동양인을 만난 것만 해도 어딘지 모르게 반갑고 친밀감이 느껴졌다. 그런데 그분이 한국인이었으니 반가움은 말할 나위가 없었다.

  인사를 나누고 얘기를 하다 보니 그녀는 일찍이 프랑스에 유학 온 한국인 화가였다. 국외 여행이 자유화되기 이전이라서 미술이나 음악을 하기 위해 파리로 유학 오는 사람들이 많지 않았었다. 당시 파리에는 20여 명의 한국인 화가들이 살고 있었다. 그들끼리 모임이 있었고, 그 모임에서 그룹전시회를 하기도 했다. 그런데 파리에 거주하면서 한국인 화가들 세계에 잘 어울리지 않는 화가 두 사람이 이응로와 이성자였다. 이응로는 동백림 사건과 윤정희·백건우 부부 납치미수 사건 등에 연루되었다고 해서 한국인들이 기피했고, 이성자는 스스로 한국인들과 잘 어울리지 않았다.

이성자가 한국인 화가들의 모임에 나타나지 않은 이유는 다음 두 가지로 생각이 되었다. 첫째는 개인적인 가정사의 문제다. 한국에서 남편과 이혼하고 올망졸망한 어린 아이 셋을 한국에 두고 온 엄마의 심정을 무엇에 비할 수 있을까. 그녀는 철저하게 자신을 자신 안에 숨기고 오직 작품에만 몰두했다. 요즘은 이혼이 별 문제가 되지 않지만, 당시만 해도 이혼한 여성에 대한 인식이 좋지 않았기 때문에 심적 부담이 컸을 것이다.

둘째는 학맥이다. 한국 사람들은 유난히 고향이 어디이고, 어느 학교를 나왔는지를 따진다. 이성자는 한국에서 미술대학을 나오지 않았다. 진주여고를 졸업하고, 일본으로 유학을 가서 동경 짓센여자대학(実践女子大学) 가정과를 졸업했다. 소위 말하는 미술 비전공자다. 이상하게도 대학에서 미술을 전공하지 않았다고 하면, 전공자들 세계에서는 무조건 그 사람을 인정하지 않으려 하는 경향이 있다. 예술은 제도권 교육으로 되는 것이 아니라는 것을 그들도 알고 있으면서 말이다.

이번 국립현대미술관에서 기획한 특별전시 의도를 다음과 같이 밝히고 있었다. "〈이성자: 지구 반대편으로 가는 길〉은 작가의 탄생 100주년을 기념하면서 덕수궁관의 '신여성'을 시작으로 여성 미술가에 대한 집중 조명을 위한 국립현대미술관의 기획전시 정책의 일환으로 이루어졌다. 한국의 많은 작가들이 도불을 꿈꾸었던 1950년대 가장 먼저 건너간 이성자(1918-2009)는 프랑스에서 기초를 배웠고, 한국보다 프랑스 화단에 먼저 알려졌으며, 프랑스 화상에게 눈에 띄어 프랑스인에게 처음으로 작품이 소장되었다. 파리에서는 주로 유화를, 프랑스 남부의 투레트에서는 판화를, 프랑스에서 지구 반대편인 한국에서는 도자를 하면서 열정적인 60여 년을 보냈다.

당시 도불한 작가 중, 유일하게 미술전공을 하지 않고 프랑스에 건너간 이성자는 기법과 표현에서는 철저하게 프랑스 화단의 영향 아래 있었으나 소재와 주제는 오히려 타국이었기에 더욱 한국적이었고 개인적인 경험에서 나오는 것들이었다. 물질적인 풍요로움에 비해 철학적 기반이 부족한 서양 예술을 감지한 이성자는 동양과 서양, 정신과 물질, 자연과 인공, 삶과 죽음 등 대립적인 요소의 조화를 통해 서로 상생할 수 있는 새로운 창조의 세계를 보여주고자 하였다.

본 전시는 이성자의 작품세계를 네 시기로 구분하였다. 1950년대 초 파리의 그랑드쇼미에르 아카데미에서 기초를 배우고 추상에 대한 시도를 보여주는 '조형 탐색기', 여성으로서, 세 아이의 어머니로서 대지를 경작하는 마음으로 그린 '여성과 대지' 시기, 중첩된 건물의 도시를 표현한 '음양' 시기, 그리고 한국과 프랑스를 오가며 내려다

본 극지와 자연, 우주를 나타낸 '지구 반대편으로 가는 길' 등으로 나누어 살펴보고자 한다. 또한 이성자와 시대를 함께했던 조르주 부다이유(1925-1991), 앙리 고에츠(1909-1989), 알베르토 마넬리(1888-1971), 미셸 뷔토르(1926-2016), 소니아 들로네(1885-1979) 같은 지인들과의 교류는 이성자의 작품세계를 더욱 풍성하게 만들었으며, 이는 한국 미술사를 국제적인 영역으로 확장시킨다."

이성자는 부유한 가정에서 태어났다. 그는 일본에서 대학을 졸업하고 귀국해 외과의사와 결혼하여 세 명의 아들을 낳았다. 그러나 한국전쟁과 가정불화의 소용돌이 속에서 남편과 이혼하고 1951년 홀로 프랑스로 건너가, 그곳에서 미술 공부를 했다. 파리에 있는 그랑드 쇼미에르 아카데미(la Grande Chaumière)에서 미술 공부를 하면서부터 본격적으로 창작활동을 시작했다. 1958년경 첫 개인전을 통해 파리 화단에 등장한 이후 활발하게 작업을 지속해왔으며, 한국에는 1963년에 처음으로 작품이 소개되었다.

그녀는 파리와 남프랑스의 전형적인 프로방스 산골 마을 투레트(Tourrettes)에 거주하면서 해외 유명 예술가들과 폭넓게 교류했다. 또한 프랑스 누보로망(Nouveau roman)의 거장 미셸 뷔토르와의 공동작업을 통해 조형예술과 문학의 융합을 시도했는데, 대표 작품으로는 샘물의 신비(Replis des sources, 1977)가 있다. 그는 이성자에 대해 "그녀는 프랑스의 문화와 인정, 세태에 대해서뿐만 아니라 프랑스 깊숙한 시골의 야생 들꽃들을 비롯한 프랑스의 자연에 대해서도 가장

정통하고 있는 한국의 대표적인 여인이다."라고 했다. 서정주 시인
은 "이성자는 어느 나라에 가서 얼마를 살건 간에 자기 조국 한국 전
통의 정신적인 장점과 그 끈기와 또 처녀적인 순수성을 언제나 잘 아
울러 간직하고 있는 신화적인 화가다."라고 극찬했다.

이성자의 작품을 살펴보면서 "인생은 짧고 예술은 길다."라는 말이
생각났다. 그리고 작품의 진정한 가치는 작가 사후에 작품으로만 평가
받는다는 것도 실감할 수 있었다. 그녀는 가고 없지만 그녀가 혼신을
다해 제작한 미술품이 국립현대미술관에서 나를 맞고 있었다. 파리에
서 만났던 따뜻한 그녀의 손길과 진지했던 작가의 표정이 느껴졌다.

언제나 느끼는 것이지만 평소 알고 지내던 사람이 죽고 난 후 그의
작품을 대하게 되면 작품으로만 보이는 것이 아니라 서로 알고 지내
던 인연의 모습이 오버랩되어 보인다. 가고 없는 그를 다시 만나는
느낌이 드는 것이다.

이성자가 얼마나 가슴이 아렸으면 '프랑스와 한국을 오가는 비행기
안에서 죽는 것이 소원'이라고 했을까. 그녀는 한국을 떠났으니 한국
인이라고 할 수도 없고, 프랑스에 살지만 프랑스인이라고 할 수도 없
다. 말하자면 이쪽도 저쪽도 아닌 경계인이며 노마드였다. 애지중지
키우던 어린 자식들과 떨어져 있으면서, 때로는 폭풍으로, 때로는 눈
보라로, 때로는 이슬비처럼 밀려오는 아이들에 대한 그리움을 캔버
스에 그리고, 또 그렸다. 큰아이가 보고 싶어 하나 둘 선을 긋고, 또
다른 아이가 보고 싶어 수많은 점을 찍었다. 나는 지금 그 많은 그리

움의 눈물이 스며있는 이성자의 작품 앞에 있다.

「지구 반대편으로 가는 길, 8월 No.2 81(Chemin des Antipodes août N.2 81), 1981년, 캔버스에 아크릴릭」. 나는 그림 앞에서 한참 생각에 잠겼다. 이 그림이 바로 내가 이성자 화가를 만났던 바로 그해, 그 계절에 그린 그림이다. 그림은 한국과 프랑스를 오가는 사이의 시공간을 묘사한 것이지만, 그 안에는 내가 살던 파리의 추억들이 영롱한 빛으로 투영되어 보이는 듯했다. 예술작품은 철저하게 자기 목적적으로 제작된 것일수록 작가의 감염성이 강해서 그 기(氣)가 관객들에게 전해지는 것 같다. 그녀는 가고 없지만, 나는 또 다른 그녀를 만났다.

다섯 손가락

'떠남'에 대한 단상

7월 첫째 주 금요일. 어제까지 비가 오다 그친 초여름 날씨가 무덥기는 하지만 모처럼 미세먼지 없는 날이다. 재외동포포럼에서 남양주 축령산 자락에 있는 매그너스 요양병원을 방문했다. 병원 운영 주체인 매그너스 의료재단 손의섭 이사장이 우리 일행을 반갑게 맞아주었다. 회의실에서 간단하게 환담을 마치고 위층에 있는 강당에서 의료재단의 전반적인 운영사항과 향후 재단의 비전에 대한 브리핑을 듣는 시간을 가졌다.

참석자들은 대부분 어느 정도 나이가 있는 사람들이었고, 자기 분야에서 일가를 이룬 사람들이었다. 브리핑은 선진 외국의 사례와 한국의 제도를 비교 검토하는 등 진지하게 진행되었다. 참석자 중에서 내 시선을 사로잡는 연로한 여의사 한 분이 있었다. 지난해 10월

KBS 「다큐 공감」에 출연하여 많은 시청자들에게 감명을 준 한원주 명예원장이다. 올해 나이 93세, 모임에 참석한 사람들 중에서 가장 연세가 많으시다.

참석자들이 몸의 이상 증상을 말하면, 의사로서 즉시 처방을 해 주셨다. 지금도 이 병원에서 매일 아침 회진하면서 환자들을 돌보신단다. 일반적으로 93세라면 남의 도움을 받아 생활하는 나이로 여긴다. 그러나 원장님은 오늘도 아픈 환자들을 위해 자신의 의료지식과 삶의 지혜를 나누고 있었다. 나는 그분의 손을 살며시 잡아 보았다. 주름진 손에서 따뜻한 어머니의 사랑이 느껴졌다. 무엇인가 말하고 싶었지만 아무 말도 하지 못하고 그냥 손만 잡고 있었다.

회의장을 나오면서 나는 조심스럽게 말했다.

"선생님, 지금까지 살아오시면서 인생 후배들에게 가장 해 주고 싶은 말씀이 있다면 무엇일까요?"

그분은 잠시 나를 바라보더니 말씀하셨다.

"절제하며 사는 것이지요."

간결하고 명확했다. 병원에서 환자들을 돌보면서 겪고 느낀 삶의 지혜가 담긴 말이라는 생각이 들었다. 그 말을 뒤집어보면 우리는 얼마나 무절제한 삶을 살고 있는가. 절제는커녕 욕망이 넘쳐 탐욕스런 삶을 살고 있는 것은 아닌가.

우리는 구내식당에서 소위 웰빙 식단으로 차린 점심식사를 했다. 한원주 원장님이 조용히 혼자서 식사 기도를 하시고 소식하시는 모습이 인상적이었다. 식사를 마치고 손 이사장의 안내를 받아 병원 내·외부를 둘러보았다. 30대 젊은 환자에서부터 90대 고령 환자까지 100여 명의 환자들이 입원해 있었다. 중환자실을 방문했을 때는 경각에 달린 생명을 붙잡고 있는 환자들의 모습에 마음이 무거웠다.

손 이사장은 환자들 중에서 거동이 불편한 노인 환자들의 사연을 들려주었다. 얘기를 듣다 보니 안타까운 사연들도 참 많았다. 젊어서 모아놓은 재산을 모두 자식에게 물려주고 빈털터리가 되어 입원해 속 앓이를 하는 경우도 있고, 젊어서는 나름 사회적 지위도 있어 큰소리치며 살다가 이제 육신이 늙고 병들어 남의 도움을 받아야만 하는 시기에 자식들까지 외면하여 절망하는 사람도 있었다. 치매 환자들의 사연은 듣는 우리들을 슬프게 했다.

한 환자는 아들이 자신을 데리러 오기로 했는데 언제 올지 모른다면서 매일 병원 1층 현관에 내려가 쪼그리고 앉아서 기다린단다. 또 어떤 환자는 자기 딸에게 전화를 해 달라고 야단을 치지만 딸이 전화를 받지 않는다고 한다. 그래서 환자를 안정시키고 위로하는 차원에서 그 환자가 전화를 걸고 바로 옆방에서 간호사가 전화를 받아 딸 대신 "엄마, 지금은 내가 좀 바쁜데 바쁜 일 좀 끝내 놓고 곧 갈게, 건강하게 잘 지내."라고 대역을 하기도 한단다.

병원을 다녀오고 며칠 동안 그런 환자들의 모습이 눈앞에 아른거렸다. 특히 중환자실에서 본 죽음의 그림자가 짙게 드리운 환자들의 모습이 내 마음을 무겁게 했다. 지금쯤 우리가 보고 온 사람 중 몇 명은 이미 세상에 없을지 모른다는 생각이 들었다. 사람은 누구나 죽는다. 우리는 다른 이의 죽음을 바로 옆에서 지켜보면서도 자신은 그런 죽음과 아무런 상관이 없는 것으로 여기니 참 이상하다. 무지한 것인지 무심한 것인지 알 수 없다.

자식을 낳아 애지중지 키워서 결혼시키는 사이에 부모는 늙고 병들어 누군가의 손길이 필요하지만, 자식이 그 역할을 하지 못하니 자연히 요양병원이나 요양원으로 가게 된다. 언제부터인가 우리 사회에서 늙고 병든 부모는 그저 성가시고 귀찮은 존재로 전락했다. 그래서 어떤 자식은 부모와 외국 여행을 같이 가서 그곳에 버리고 오기도 하고, 요양병원이나 요양원에 보내고 아예 눈에서 안 보려고 한다. 그들에게 윤리와 도덕을 말하고 효를 얘기하는 것은 불가능하다. 부모를 요양원에 보낸 자식들은 부모에 대한 안쓰러움도 있지만, 다른 한편으로는 하루속히 그곳에서 죽어 없어지기를 바라는 면도 있는 것 같다.

우리 사회도 이미 고령화 사회로 접어들어 노인 문제가 개인을 넘어 사회 문제로 대두되고 있다. 고령화 사회에서 발생하는 여러 문제 중에서 죽음을 맞이하는 문제를 심각하게 고민해 볼 때가 되었다. 통계에 따르면, 우리나라에서 매년 약 27만여 명이 죽음을 맞는다. 죽음은 일반적으로 질병과 고통을 동반하는데, 이 고통을 완화하고 경감하기 위한 치료에 막대한 자원이 들어가지만 결국은 죽는다.

우리는 좀 더 이성적으로 죽음에 대해 생각해 볼 필요가 있다. 지금 병원에서는 무의미한 연명 의료에 막대한 예산을 쓰고 있다. 의학적으로 회생 불가능한 상태에 있는 환자들을 위해서 사회적 비용이 지나치게 많이 낭비되고 있다. 병원의 이쪽 건물에서 태어나 저쪽 건물에서 생을 마감하는 꼴이 오늘의 현실이다. 법과 제도를 개선하여 자신이 원하는 장소에서 원하는 방식으로 생을 마감할 수 있게 해야 한다. 가족들이 있는 집에서 호스피스 완화의료조치를 받을 수 있게 하는 등 현실적으로 가능한 방안부터 마련해야 한다.

사람의 목숨이 다할 때까지 생명은 존중되어야 하지만, 경제적인 문제를 배제할 수 없는 것이 또한 현실이다. 무의미한 연명 치료에 너무나 많은 의료 자원이 들어가고 있다면, 이제 이러한 의료 자원을 재분배하는 사회적 합의가 이루어져야 한다. 물론 자칫하면 존중되어야 할 생명을 경시하는 풍조가 일어날 수 있는 점은 경계해야 할 것이다. 인간에게 살 권리가 주어지는 만큼 자존을 지키면서 생을 마감할 수 있는 권리도 주어져야 한다.

지난 5월 지구촌의 관심을 모은 호주의 104세 최고령 과학자 데이비드 구달 박사(Dr. David Goodall)는 스위스 바젤의 라이프 사이클 클리닉에서 평온하게 생을 마감했다. 호주에서는 안락사를 법적으로 금지하고 있기 때문에, 그는 불가피하게 스위스를 택했다. 스위스는 유일하게 자국민이 아닌 경우에도 안락사를 허용하고 있기 때문이다. 구달 박사는 스위스에 가기 전에 가족들과 그리고 친지들과 작별의 시간을 가졌다. 그는 스위스에서 베토벤 교향곡 9번 합창의 마지막 부분 「환희의 송가」를 들으며 눈을 감은 것으로 알려졌다. 특별한 질병은 없었지만 전체적인 신체 기능이 약화되어 삶이 고달프다는 점이 스위스 의사들에게 받아들여져 안락사가 행해졌다.

우리도 이제는 법과 규정을 정비하여 무의미한 연명치료에 소요되는 의료 자원의 낭비를 줄이고 효율적으로 재분배해야 한다. 그것은 가는 자에게도 남는 자에게도 필요한 것이다. 몸과 마음이 건강할 때 자유의사에 따라 자신의 죽음을 준비하고, 존엄을 지키면서 아름답게 생을 마감할 수 있는 제도적인 길이 마련되어야 한다. 정부는 선진 각국의 사례들을 종합적으로 분석하고 검토하여 우리 현실에 맞는 법과 규정을 마련하고 사회적 합의를 이끌어내 그것을 문화로 정착시켜 나가야 한다.

다섯 손가락

편지로 꽃피운 사랑과 예술

· 박정숙 ·

편지란 한 인간의 사사롭고도 내밀한 속내, 사적인 부분을 표현하는 소통 양식이
다. 물론 공적인 내용을 편지 형식으로 쓸 수도 있겠지만 '편지' 하면 사적인 영역
의 글이란 생각이 우선한다. 신분과 사회적 위치가 어떠하든 간에 한 인간으로서
사랑과 애환, 환희와 탄식, 희망과 절망을 진솔하게 드러낼 수 있는 것이 편지가
아닌가. 게다가 한글이 활발히 쓰이는 계기가 된 조선시대의 한글편지와 내용은
그 시대를 산 인물들의 심미의식과 생생한 정보가 저장된 생동하는 역사의 일부라
고 해도 지나친 말은 아닐 것이다. 이에 나는 옛 사람들의 편지에 드러난 인간의
보편 성정과 감성적 심미세계를 연구한 나의 저서 『조선의 한글편지』를 스토리텔
링으로 만들어 한바탕 사람 사는 냄새를 피워 올린다.

photo by 최창익

김정희 / 내세에는 내가 아내 되고
당신이 남편 되어

●

●

●

●

●

    조선 후기의 명필가로 시 · 서 · 화 · 문 · 사 · 철(詩書畵文史哲)에 두루 능통하여 중국과 일본에까지 널리 알려진, 요즘 말로 하자면 소위 조선시대의 '한류 스타'였던 추사 김정희(1786-1856)는 아내 사랑도 극진했던 것으로 유명하다.

    추사는 한글편지와 추모시를 통해 아내를 향한 절절한 마음을 표현함으로써 당대는 물론 후대에 이르기까지 아내 사랑의 흔적과 향기를 남기고 있다.

    추사가 아내에게 보낸 한글편지가 약 40여 편이 남아있는데, 그중 평안 감사인 부친을 뵈러 간 곳에서 평양 기생 죽향과의 염문이 소문이 나자 아내에게 진땀을 흘리며 해명하는 편지 속의 추사는 당대 최

고의 석학으로서의 명성에 비해 파격으로 느껴
질 정도로 부인에 대한 세심한 배려와 애틋한
정을 진솔하게 드러내고 있다. 또한 추사가 제
주 유배지에서 보낸 아픈 아내의 건강에 대한
걱정과 염려 가득한 편지는 평소 그가 얼마나
지극한 마음으로 아내를 위하는 지아비인지를
느끼게 한다.

'부디 당신 한 몸으로 알지 마시고 이천 리 바다
밖에 있는 내 마음을 생각하셔서 충분히 조심하
고 조섭 잘 하시기 바라오며…'

남달리 금슬이 좋았고 귀양살이에 필요한 옷
가지와 음식을 챙겨주던 아내의 부고를 유배지
에서 뒤늦게 받아들고 통곡하며 쓴 제문에는
"평소 부인이 만약 죽는다면 내가 먼저 죽는 것

| 국립중앙박물관 소장.
추사가 예안 이씨에게,
1842년(추사57세) |

이 도리어 낫지 않겠소?라는 말이 농담만은 아니었다."고 고백하기
도 한 추사의 아내 사랑과 애틋함은 애도시에도 절절히 드러난다.

「귀양지에서 부인의 죽음을 애도하노라」
어쩌면 저승에 가 월로(월하노인)에게 애원하여

내세에는 그대와 나 처지 바꿔 태어나서

나 죽고 그대 살아 천리 밖에 남는다면

이 마음 이 슬픔을 그대가 알련마는

추사는 '나의 이 기막힌 슬픔을 도저히 표현할 길이 없으니 남녀 간의 인연을 맺어주는 월하노인에게 송사라도 하여 다음 세상에서도 우리가 부부로 만나되 그때는 부부가 서로 바뀌어서 당신이 지금의 나의 처지에 있어 보아야 비로소 나의 이 비통한 심정을 그대가 알 수 있을 것'이라며 먼저 간 아내를 향한 주체할 수 없는 슬픔을 토로하고 있다. 그 슬픔이 오죽했으면 훗날 아내를 잃은 제자 오경석에게 동병상련의 마음을 드러내며, "나도 아내를 잃어봐서 아는데 그나마 마음을 잡으려면 종려나무 삿갓을 쓰고 오동나무 나막신을 신고 산색을 보며 강물 소리를 들으며 방랑하는 것 이상이 없다."는 말로 위로했으랴.

마냥 엄격하게만 생각되던 조선시대 사대부들이 먼저 간 아내에게 바친 애도시가 몇 편 더 전해오는데, 중종 때 대사성을 지낸 이희보(1473-1548)는 내세에서도 부부 되자고 한 약속 잊지 말라고 하였고, 하곡 정제두의 문인이며 강화학파의 중심 인물인 심육(1685-1753)은 아내 진주 강씨가 죽자 50년간 함께했던 좋은 벗을 잃었다면서 생전의 잔소리가 그립다는 표현을 애도시에 담기도 했다.

다섯 손가락

올해 6월 풍운의 정치인 김종필 전 총리가 영면에 들었다. 살아생전 애처가로 알려진 김 전 총리는 평소 '아내 사랑이 곧 자기 사랑'이란 말을 자주 거론했다니 예나 지금이나 아내를 향한 진정어린 애정이 담긴 언어는 시대를 초월하여, 주어진 한 세상을 살아가는 뭇사람들의 마음을 뜨겁게 적신다.

안민학 / 삼 년 동안 재취(再娶)하지 않으리,
제문에 맹세했건만

남편 안민학은 아내 곽씨 영전에 고하니라. 나는 임인생이요 자네는 갑인생으로 정묘년 16일 혼인하니 그때 나는 스물다섯이요 자네는 나이가 열셋이었소. 나도 아비 없는 가난한 홀어미의 자식이요 자네도 가난한 홀어미의 자식으로 서로 만나니 자네는 아이요 나는 어른이나, 뜻이 어렸을 때부터 독실하지 못한 선비를 배우고자 하여 부부유별이 사람에게 큰일이므로 친하게 말 것이라 하여 자네와 나는 가깝게 말인들 하며 밥 먹은 때인들 있으랴….

지금까지 발견된 한글 애도문 가운데 최초의 경우에 해당하는 윗글은 안민학(1542-1601)이 1576년에 죽은 아내 곽씨를 위해 쓴 애도문의 첫 부분이다. 23세에 세상을 떠난 아내의 삶을 되돌아보며 자신의

다섯 손가락

슬픈 마음을 토로한 글이다. 체면
과 위신, 대장부다운 의연한 기개
등을 최고의 가치로 여겼던 조선시
대 사대부들이지만 이처럼 제문이
나 편지, 도망시(悼亡詩)에서는 자
신의 감정을 진솔하게 드러내는 것
을 주저하지 않았다. 아마도 생전
에는 내외 구분이 엄격하여 글이나
말로 표현하기 어려웠지만, 죽고
난 뒤 평소 다정했던 면모나 미처

| 안인학의 애도문, 충청남도 유형문화재 243호 |

표현하지 못했던 사랑의 감정을 아낌없이 보여주고 위로하는 것이 먼
저 간 아내에 대한 남편의 도리라고 여긴 듯하다.

> 내 입을 옷도 못하면서 행여 실잠기를 하여도 나를 해주리라 하니, 그대
> 는 겨울이라도 저고리 하나 겨우 장옷 하나 누더기 치마만 걸치고 속바
> 지도 입지 않고 차가운 구들에서 견디니 인내와 고생이야 이보다 더할
> 까?

오늘날의 관점에서 보면 현풍 곽씨 또한 답답할 정도로 남편에게
희생적인 여인이다. 안민학은 아내의 한을 풀어주려는 듯 겉으로 드
러내지 못했던 속마음을 구구절절 펼쳐 내고 있다.

어찌하여 내 몸에 죄가 쌓여 병든 나는 살았고 병 없던 그대는 백년해로 할 언약을 저버리고 갑자기 하루아침에 어디로 가셨는가? 천지가 끝이 없고 우주가 넓고 넓을 따름이로다. 차라리 죽어 그대와 넋이나 함께 다녀 이 언약을 이루고자 하되 어버이를 공경하여 울지도 마음대로 못하거든 내 서러운 뜻 이룰까?

안민학은 25세에 현풍 곽씨와 혼인하였는데 본인 35세에 부인이 사망했으니 10년을 함께 산 부부이다. 부부로 살 때 '병이 많았던 나는 살아있고, 병 없던 당신은 언약을 저버리고 이 세상을 떠나버렸는가?'라고 아내를 잃은 지극한 슬픔을 토로한다. 드디어는 '차라리 함께 죽어 이 언약을 이루고자 하나 부모님 때문에 못 한다'라고도 했다.

내 뜻은, 자식이 있으니 삼 년을 지내고 양첩(良妾)이나 들여 자식이 어려운 일 없게 하고자 하네만, 노친이 계시니 끝내 마음대로 못할 것 같으며, 내 뜻대로 삼 년을 다 기다려 장가들지언정 그대 위하여 한 해 상복을 입네…. 술남이 살아나면 그대 조상 봉사를 온전히 맡기려 그대의 기물을 모두 두 자식에게 나누어 주고 나는 쓰지 말고자 하네.

안민학은 아내의 영전에서 자식 때문에 삼년상을 마치고, 첩을 얻어 자식을 키우게 하려 하지만 노친이 계시니 그 뜻에 맞출 수밖에 없을 것 같다고 고백한다. 그러나 틀림없이 내 뜻대로 3년을 기다렸다가 장가들겠노라고 했다. 그러나 그는 이 맹세를 저버리고 1년 후인 36세 되던 해에 성종의 증손인 장흥군 이상(李祥)의 딸 전주 이씨와 재혼하였음을 문집에 실린 행장을 통해 확인할 수 있다. 참으로 서글픈 일이다. 이런 일은 현시대에도 비일비재하다. 아내가 암으로 죽자 틈만 나면 그 무덤가에서 시 한 수씩을 바친 어느 유명 시인은 당시의 그 순수한 사랑으로 인해 뭇 여성들의 열렬한 지지를 받았다. 그러나 사회적으로 출세하고 곧바로 재혼을 해버린 뒤로는 더 이상 그의 시가 순애보의 상징으로 회자되지 않게 되었다. 서글프다 못해 민망한 일이다. 하기야 아내 영전에서 재취 이야기, 세간 이야기를 늘어놓는 자체가 죽은 아내를 그리워하고 애도하는 마음이 그리 크지 않음을 반증하는 것은 아닐까?

나신걸 / 최고(最古)의 한글 편지 쓴 애처가

또 전지(논밭) 다 소작 주고 농사짓지 마소. 또 봇논 모래 든 데에 가래질하여 소작 주고 절대로 종의 말 듣고 농사짓지 마소. (중략) 또 분하고 바늘 여섯을 사서 보내네. 집에 가 못 다녀가니 이런 민망한 일이 어디에 있을꼬 (하며) 울고 가네. 어머님과 아기를 모시고 다 잘 계시소. 내년 가을에 나오고자 하네….

남편으로부터 이토록 자상한 사랑의 편지를 받은 아내는 얼마나 행복할까. 남편은 직장 관계로 멀리 집을 떠나있다. 자신이 집에 없는 상태에서 아내가 고생할 것을 염려해 농사일도 남의 손에 맡기라고 당부한다. 또 당시 중국에서 수입된 분과 바늘을 선물로 보내며 미안한 마음을 대신하고, 그것으로도 모자라 '울고 가네'라는 말로 안타

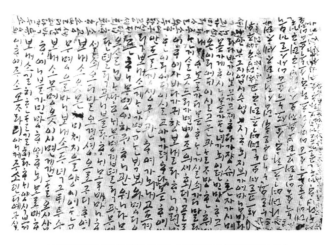

| 나신걸이 아내 신창 맹씨에게 쓴 편지. 1490년경, 대전시립박물관 소장 |

까운 심정을 덧붙였다. 아내 된 사람이라면 누구나 남편으로부터 이런 사랑 한번 받아봤으면 여한이 없으리라. 로맨틱한 이 편지에 앞서 다정다감한 성정을 여지없이 드러낸 남편의 사랑 편지는 한 통 더 있다. 실상 이 편지가 앞면이고 앞서 소개한 편지는 뒷면에 쓰여 있다.

안부를 그지없이 수없이 하네. 집에 가서 어머님이랑 아기랑 다 반가이 보고 가고자 하다가 장수가 혼자 (집에) 가시며 날 못 가게 하시니, 못 가서…. 이런 민망하고 서러운 일이 어디에 있을꼬…. 아니 가려 하다가 못하여 영안도로 경성 군관이 되어 가네. 내 고도(흰 겹저고리)와 겹철릭을 보내소….
편지 읽고 자세히 즉시 다 비치고. 빨리 보내소.

남은 가족 걱정에 얼굴이라도 한번 보고 떠나면 그나마 마음을 놓으련만, 공사(公事)로 인해 사랑하는 가족이 있는 집을 그냥 지나치며 차마 발걸음을 떼지 못하는 편지의 주인공은 군관 나신걸(1461-1524)이다. 나신걸은 아버지 나연종과 어머니 밀양 박씨의 4형제 중 둘째로 부인 맹씨 사이에 자녀 하나를 두었다. 가고 싶어서 가는 것도 아닌 듯 영안도(함경도) 경성으로 부임하면서 고향 회덕에 들르지 못하게 되자 아내에게 편지를 쓴 것이다.

얼마나 애가 탔으면 '이런 민망하고 서러운 일이 어디에 있을꼬'라는 표현을 했을까. 아마도 여자보다 더 섬세하고 드문 감성을 타고난 사람인 것 같다. 가족들을 만나지 못하고 떠나는 안타깝고 걱정스러운 마음과 함께 북방의 모진 바람을 막아 줄 옷가지를 보내달라는 부탁을 하고 있다.

이 편지는 나신걸의 아내인 신창 맹씨의 목관에서 발견됐다. 2011년 5월, 대전광역시 유성구에서 나씨 묘역을 이장하던 중에 미이라와 복식 등이 함께 출토된 것이다. 사랑 가득한 남편의 편지와 선물을 죽은 후에도 고이 간직하고 싶었을 터, 편지는 맹씨의 머리맡에 곱게 접힌 채 놓여 있었다.

나신걸의 편지는 1490년경에 쓴 것으로 한글편지로는 가장 오래된 것이라 더욱 의미가 깊다. 1446년 훈민정음이 반포되고 40여년 후에 남성이 한글을 자유롭게 사용하여 편지를 썼다는 것이 놀랍지 않은가. 해례본 서두에서 정인지가 "지혜로운 사람은 하루아침을 마치기도 전에 깨우치고 어리석은 사람도 열흘이면 두루 배울 수 있다."고 하였듯이 익히기가 쉬운 까닭에 한글의 확산은 빠르게 이뤄졌던 것으로 보인다. 특히 부부의 정 같은 사적인 감정을 표현하기에는 한문보다 친근하고 편안하게 다가왔을 것이다. 그러다보니 할말이 많아져 지면이 부족하여 빼곡이 메우고 있다. 500여년 전 집 떠난 남편의 아내에 대한 애정을 몇마디 말로는 다 표현하기는 힘들어서였을 것이다. 이렇듯 부부간의 사랑을 적나라하게 표현할 수 있는 것으로 한글보다 큰 역할을 할 수 있는 것이 있었을까? 지금으로 말하자면 주말부부나 외국 출장을 간 남편을 떠올릴 상황이다. 하지만 요즘은 전화나 카톡, 화상통화 그 밖의 각종 SNS로 실시간 대화가 무제한으로 가능하니 애타게 서로를 그리워하는 애틋함이 끼어들 여지가 별로 없다. 그보다는 불평이나 불만을 쏟아내거나 서로에게 짜증을 내는 일이 더 자주 발생한다. 그러다 자기의 마음을 몰라준다는 서운함 끝에 다른 이성에게 눈을 돌리기도 한다. 언제든 연락을 취할 수 있고 감정을 다 쏟아낸다는 것이 친밀한 관계에서는 평소보다 더한 원망이나 공허감을 부른다는 것은 아이러니가 아닐 수 없다. 차라리 전화나 온라인 대화 방식을 모두 내려놓고 이렇게 편지를 주고받는다면 떨어져 있는 부부의 정이 더욱 돈독해질 수 있지 않을까.

양사언 / 뜨거운 모성애 힘입어 벗은 서출 굴레

-
-
-
-
-

> 태산이 높다 하되 하늘 아래 뫼이로다
> 오르고 또 오르면 못 오를 리 없건마는
> 사람이 제 아니 오르고 뫼를 높다 하더라.

현대에도 널리 애송되는 이 시조는 힘든 일이 있을 때나 도중에 기가 꺾여 포기하려 들 때 마음과 결심을 다잡게 하는 시조이기도 하다. 설령 지은이 이름까지는 모른다 해도 내용만큼은 어린아이부터 노인에 이르기까지 저절로 읊조려지는, 이른바 '국민 시조'라 하겠다. 그러나 이토록 유명한 시조의 지은이 양사언(1517–1584)이 신분 문제와 관련된 비극적 설화의 주인공임을 아는 사람은 드물다. 실록에는 양사언이 '서얼로서' 손꼽히는 인재로 기록되어 있다. 그렇다면

'태산이 높다 하되…'로 시작되는 이 시조는 엄격한 신분 사회였던 조선시대의 서얼 출신이 겪어야 하는 높은 신분의 벽 앞에서 시시때때로 자신을 다잡으려는 의지의 표현이 아닐까.

　양사언의 출생은 조부가 맺은 인연에서 비롯되었다. 조선 후기 서유영이 저술한 문헌설화집 『금계필담』(1873)에 의하면, 양사언의 조부 양인은 어느 날 우연히 촌부의 딸에게 식사 한 끼를 대접받는다. 양인은 이에 대한 감사의 뜻으로, 신랑 집에서 신부 집으로 보내는 혼인 예물의 표시인 '채단'으로 청홍 부채 두 자루를 주었다. 이것이 인연이 되어 훗날 이 처녀가 자기 아들의 후처가 될 줄은 생각지도 못했을 것이다.

　두 자루 부채로 인해 양인의 며느리가 됨과 동시에 양사언·양사기 두 아들의 어머니가 되었지만 두 아들은 서출의 굴레를 벗어나지 못할 처지였다. 이를 탄식하던 부인은 생명을 던져 두 아들의 앞길을 열어주기로 결심한다.

　남편의 장례를 치르는 날 스스로 목숨을 끊은 것이다. 이렇게 하여 양사언의 어머니는 사후 남편을 따라 죽은 열녀로 인정받아 정실부인의 지위에 오르게 되고 두 아들도 서자의 신분에서 벗어나게 된다. 이 사건은 자식들이 겪게 될 신분 차별의 벽을 자신의 목숨을 던져 무너뜨린 눈물겨운 모성애의 발로이다.

　어머니의 희생이 헛되지 않아 양사언은 서얼의 굴레에서 벗어나 과

거에 응시하여 장원 급제하였고, 안평대군·김구·한호와 함께 조선
전기 4대 서예가로 일컬어지는 명필이 되었다.

이같이 가슴시린 사연을 가진 사람이었기에 부단한 노력을 통해 자
신의 한계를 극복해 내었고, 또 이를 신념에 찬 어조로 노래하였던
것이다. 양사언은 이렇게 '오르고 또 오르는' 노력을 통해 조선의 대
서예가이자 대문장가의 반열에 오른 인물이라 하겠다.

양사언은 특히 금강산을 자주 찾았기에 아호를 금강산의 여름 별
칭인 '봉래'라 하였다. 금강산 인근의 지방관을 자청하여 지낸 것으로
알려지고 있는데 이때 만폭동의 바위에 써서 새긴 '봉래풍악원화동천
(蓬萊楓岳元化洞天)'의 기굴웅건한 일필(逸筆)은 전설적인 이야기로 남
아 전한다.

양사언은 스승 남사고에게 역술을 배워 임진왜란을 정확히 예언한
것으로도 유명하다. 안변 군수로 있을 때는 선정으로 통정대부(정3품
당상관)의 품계를 받았고, 북변의 병란을 미리 예측하고 마초(馬草)를
많이 비축하여 위급함에 대처하기도 했다. 그러나 1581년 지릉(조선
태조의 증조부인 익조의 능) 화재의 책임을 지고 황해도로 귀양 갔다 2
년 뒤 풀려 돌아오는 길에 67세를 일기로 세상을 떠났다.

양사언의 시문과, 형인 사준과 아우인 사기도 문장으로 일가를 이
루어 이들 삼형제는 중국의 미산삼소(眉山三蘇:송대의 저명한 문장가 소
순, 소식, 소철)에 비견될 정도였고, 아들 만고(萬古)도 저명한 문장가
이자 서예가이다.

그의 시문에 대하여 성호 이익은 세속의 태를 벗어난 천진하고도 청아한 시풍을 높이 평가한 바 있으며, 그의 서품(書品)에 대해서도 "분방하고 쇄탈한 풍격은 마치 회소의 「자서첩」을 연상시킨다."라고 하였다.

이처럼 극찬을 받은 그의 글씨 중 한글 작품인 「서호별곡」은 한자의 필획이 글씨 속에 녹아든 풍격이 백미다. 「서호별곡」은 미수 허목

| 양사언이 쓴 허강의 서호별곡 |

의 조부 송호 허강이 지은 가사로, 양사언이 전통음악의 형식인 3강 8엽에 맞추어 33절의 악부에 올리고 「서호별곡」이라는 이름을 붙였다. 내용은 삼월 어느 날 서너 명의 벗이 이태원 부근에서 배를 띄워 강의 흐름에 배를 맡기어 제천정·동작진·용산·마포·덜머리·서호로 내려오면서, 눈앞에 펼쳐지는 한강의 풍경을 은유법으로 엮어낸 가사이다. 이러한 양사언의 탁월한 예술세계는 죽음으로써 부조리한 신분적 질곡에 맞선 어머니의 눈물겨운 모성애가 키워낸 것이다.

언제부턴가 젊은이들을 중심으로 우리 사회에 금수저, 흙수저로 대변되는 계층 논란이 공공연히 번지고 있다. 더불어 '헬조선'이라는 표현도 서슴지 않고 있다. 만약 양사언이 다시 살아나 이런 현실을

마주하고 '태산이 높다 하되 하늘 아래 뫼이로다' 라며 자신의 체험이 절절이 녹아든 시조를 읊는다면 우리 젊은이들은 어떤 반응을 보일까. 어쩌면 양사언을 '노오~력'으로 시작하는 '원조 꼰대' 취급할지도 모르겠다. 그러나 어느 시대에나 젊은이들이 헤쳐나가야 할 사회적 한계와 과제는 존재하는 법이며, 한계 상황 속에서도 자신의 길을 찾아가는 것이 곧 인생인 것이다.

양사언의 어머니가 목숨을 던져 아들 앞길의 장애물을 거둬주었듯이 지금 젊은 세대의 부모들도 온 힘을 다하여 자식들에게 해줄 수 있는 것은 다 해주며 헌신을 하고 있다. 사회 환경이 아무리 척박해도 본인 스스로 할 수 있는 일은 분명히 있고, 거기서부터 돌파구를 찾아가야 할 것이라고 생각한다. 태산이 아무리 높아도, 내 인생이 걸린 일이라면 올라보려는 시도는 해야 하지 않을까. 그 태산이란 공무원이나 대기업의 일원이 되고 싶은 내 앞을 거대하게 가로막고 있는 아득히 높은 산만을 의미하지는 않을 것이다. 젊은이들을 지레 좌절시키는 태산은 각자의 마음속에 존재하는 두려움이나 불안, 자기 불신 등 내면적 문제일 수 있다.

신천 강씨 / 남편 첩질에 타는 속내, 딸에게 하소연

몇 년 전, 노부부의 사랑과 이별을 다룬 영화 「님아 그 강을 건너지 마오」가 세간의 큰 관심과 감동을 자아냈다. 이 영화가 중장노년층은 물론이고 20, 30대 관객들, 심지어 고등학생들의 눈물샘까지 자극한 현상을 어떻게 해석해야 할까. 아마도 잔잔하면서 진정어린 부부애를 통해 현대인들의 가슴 깊이 간직하고 있던 이상적인 사랑의 모습을 확인할 수 있었기 때문일 것이다. 그리고 '검은 머리 파뿌리 되기까지' 부부가 변함없이 사랑한다는 것이 그만큼 어려운 일이기 때문인지도 모른다.

지금도 그러한데 조선시대야 오죽했으랴. 여기 지아비의 사랑에 목마르고 무심하고 잔인한 처사에 속이 숯덩이가 되어버린 그 한 맺힌 심정을 굽이굽이 편지로 풀어놓은 한 여인이 있다.

신천 강씨(?-1585)는 창원의 한 명문가의 3남 3녀 자제 중 막내딸로 태어났다. 김훈과 혼인하여 슬하에 7남매를 두었는데 강씨의 편지는 셋째 딸의 무덤에서 발견되었다. 무덤에서 나온 편지는 모두 200여 통인데, 그 중 절반 이상인 107통이 어머니 신천 강씨가 딸에게 쓴 편지다. 거의가 남편에게 당한 억울하고 답답한 속내를 딸에게 하소연한 내용들이다. 집안 체통과 자신의 체면 때문인지 편지 말미마다 '즉시 불에 넣어라'는 추신이 붙어 있었지만 딸은 차마 그러질 못하고 친정어머니의 비밀을 무덤으로 가져간다고 한 것이 이렇게 세상에 드러나고 말았으니…. 이 편지들은 현재 충북대 박물관에 소장되어 1979년 12월 중요민속자료 109호로 지정되어 있다.

후세인들의 평가야 어떻든 강씨 본인으로서는 꽁꽁 숨기고 싶었던 적나라한 심사가 만천하에 드러난 셈인데, 편지의 내용이 궁금하다. 편지는 강씨의 남편 김훈이 노년에 첩을 얻어 집에 잘 오지 않아 질투와 외로움 속에 독수공방하는 신세를 한탄하는 내용이 주를 이룬다. 딸에게 속내를 털어놓는 것으로는 분이 풀리지 않았는지 때로는 아들에게도 하소연해 보지만 아들은 딸과 달리 어머니의 마음을 헤아리기는커녕 무관심하고 매정하기까지 했던 모양이다. 아들의 그런 태도가 강씨를 더욱 서럽게 했다. 그러면서도 점잖지 못하게 투기를 하고 생심을 낸다고 혹여 종들이 알고 비웃을까 전전긍긍하는 강씨의 소심함이 가히 딱하고, 딸에게 털어놓으면서도 사위에게는 절대 말하지 말라며 다짐을 놓는 모습에서는 연민이 느껴진다.

다섯 손가락

알다시피 강씨가 남편의 축첩 때문에 속앓이를 하던 450여 년 전에는 여자의 투기가 칠거지악 가운데 하나였다. 이런 시대적 질곡 때문에 부글부글 끓어오르는 분노와 억울함을 참자니 그녀의 고통이 오죽했으랴. 글로라도 풀어놓지 않았으면 미쳐버리고 말았을지도 모른다. 편지에는 '아이고' '놈' '년'등의 비속어가 거침없이 구사되어 있어 밖으로 드러내지 못하는 이 '서럽고 분한 마음을 진정할 길이 없어 글로 쓴다'는 그녀의 고백이 당시의 절박한 상황을 가늠하고도 남음이 있다.

그럼에도 어미로서의 체면은 차려야 했던지 딸의 시집살이는 어떤지, 친정 어미로서 잘 돌봐주지 못하는 미안한 마음도 곳곳에서 드러내고 있다. 그러나 역시 결론은 시앗 본 남편에 대한 미움과 원망으로 맺어지기 일쑤. 특히 병들고 고독한 노년의 적막한 심회를 드러낸 대목에서는 당대의 여느 사대부가의 여인에 비해 속내를 겉으로 드러내는 '여자'로서의 진솔한 면모뿐만 아니라 쓸쓸히 나이 들어가는 늙은 여인의 애환을 엿볼 수 있다.

그렇다면 그녀의 남편은 어떻게 해서 첩을 두게 되었을까. 물론 당시 사회상에 비추어 첩을 들이는 것이 특별히 놀랄 일도, 궁금할 일도 아니지만. 문제는 강씨의 남편이 있던 첩도 그만 정리를 하고 조강지처한테로 돌아오는 시기인 60살이 다 되어 벼슬을 빌미로 첩을 들인 데 있었다. 남편 김훈이 젊고 깜찍한 첩을 옆구리에 낌과 동시에 아내 강씨의 기막힌 속앓이가 시작되었던 것이다. 강씨는 당시의 충격을 아들과 딸들에게 이렇게 표현했다.

네 아버지 데리고 있는 년 생각하면, 그 첩이라는 것은 생각을 아니 하고, 그것이 얼마나 망령되고 어리석은 여인인지, 간사하고 꾀 많고 자식의 말이나 종의 말이나 모두 헐뜯고, 오로지 그 년에게 붙어서 당신 것을 맡기고 생각하니 누구를 원망하랴 싶구나. 아마도 나는 오래 살지 못할 것이니 속절은 없다. 내 서러운 뜻을 남편과 자식도 모르니 늘 몹시 용심이 나니 살지를 못하겠구나.

그러나 원망 가득한 아내의 편지는 역효과만 냈던 듯, 여하간 편지를 읽게 된 남편은 마음이 더 멀어져 답장이라고 온 것이 단 세 줄을 넘기지 않았고, 자신 또한 딸에게 푸념조로 털어놓았다. 그 심정이 또 오죽했으랴. 세심하면서도 자기주장이 강한 성격의 강씨는 자식들이나 사위에게조차 마음을 열 수 없는 지경에 이르러 마지막 자존심만 남아 나중에는 몸이 아픈 것도 주변에 알리지 않았다. 거기다 덧붙여 "이렇게 앓다가 아주 서러우면 내 손으로 죽되 말없이 소주를 맵게 하여 먹고 죽고자 계교를 하니 다만 너희는 어이없이 되었다. 보고 불에 넣어라."라며 자살할 뜻까지 내비친다.

남편의 사랑을 잃은 자신의 처지에 대해 '이승에 몸만 있다'라는 말로 표현하며 일껏 아들이나 사위에게는 말하지 말라고 자기 입으로 다짐을 해놓고는 다시 자식들을 붙잡고 같은 말을 쏟아내니 아들은

다섯 손가락

'약 드시면 나으리'라는 성의 없는 답장을 보내 어머니의 염장을 또다시 지르고 만다. 그러자 강씨는 이번에도 스스로 삭이지 못하고 아들의 처사가 노엽고 서러워 딸에게 조르르 편지를 쓴다. '내 가슴 태우는 일이 끝이 없어 죽어도 이토록 섧은 줄 모를 것이로다. 자세히 다 못 쓴다. 누구에게 다 이르고 죽을까?'

 어쩌면 강씨는 남편이 벼슬을 못하던 시절이 더 행복했을 것이다. 창피를 무릅쓰고 자식들의 힘을 빌려서라도 남편의 마음을 돌려놓고 싶었을 것이다. 그러나 모든 노력도 헛되어 부부는 결국 마음을 합치지 못하고 서로가 서로에게 깊은 상처만 남겼다. 남편 김훈 또한 딸에게 편지를 보내었으니 그의 입장을 들어보자.

 네 어머님이 시새움을 너무하여 병드니 너희는 오래지 않아 상사(喪事)를 볼까 한다. 그리 불통(不通)한 사람이 어디 있겠느냐?

 딸은 부부싸움이라고 하기엔 지나치게 격했던 부모의 갈등을 자식으로서 해결해 드리지 못한 자책감과 함께 자신의 무덤으로 편지 꾸러미를 가지고 갔다. 저승에서 중재를 계속하고 싶었던 것일까.
 하지만 애정 없는 쓸쓸한 부부상이 어찌 16세기 조선시대의 풍경이기만 할까. 지금도 더 했으면 더 했지 결코 덜하지 않은 파행적 부부 관계가 얼마나 많은가. 얼마 전까지 존재한 간통죄를 비롯해서 권력

층과 유명인들을 중심으로 불거지고 있는 '미투' 현상, 남이 하면 불륜이요, 내가 하면 로맨스라는 속된 말을 축약한 '남불내로'란 표현들이 남녀관계를 둘러싼 혼란한 시대상을 반영하고 있다. 남녀의 일은 그 누구도 장담할 수 없지만, 그러기에 다음에 소개할 비슷한 시기, 서로의 목숨이라도 베어 줄 듯 사랑한 이응태 부인의 절절한 사부곡은 시대를 초월한 아름다운 부부의 전형이자 상징적 초상이 되고 있는 것이다.

이응태 부인 / 남들도 우리같이
서로 어여삐 사랑할까요?

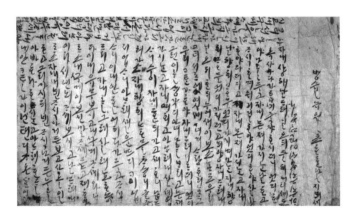

| 이응태 부인이 남편에게 보낸 편지(앞면) 안동대 박물관 소장. 1586년 |

위의 편지는 조선판 '사랑과 영혼'으로 알려졌고, 『능소화』라는 소설의 소재가 되기도 했던 사연답게 몇 번을 읽어도 가슴 뭉클하고 애

잔하다. 편지와 함께 병든 남편의 쾌유를 빌며 자신의 머리카락과 삼을 섞어서 미투리를 지은 원이엄마 이야기는 진정한 사랑에 목말라하는 현대인의 심금을 울리며, 높은 고고학적 가치까지 지니고 있어 20년 전 세계인을 감동시켰다.

1586년 6월 1일에 쓴 이 편지는 고성 이씨 이응태(1556~1586)의 부인이 31세의 젊은 나이로 남편이 숨지자 망자의 가슴 위에 덮어 보낸 마지막 편지이다. 남편에 대한 그리움과 절절한 사랑이 유장한 세월에도 한 점 빛바램 없이 읽는 이의 가슴을 먹먹하게 한다. "남도 우리처럼 이렇게 예쁜 사랑을 할까요?"라며 남편의 품안에서 수줍게 속삭이며 행복에 겨워하던 아낙네를 신도 질투한 것일까. 서로 애틋하게 보듬던 젊은 부부의 사랑의 열매가 채 여물기도 전에 모진 운명은 남편을 허망하게 빼앗아 갔다.

이렇게 절절한 사연을 편지지의 앞뒤, 좌우, 아래위를 요리조리 돌려가며 담고도 '한도 없고 끝이 없어 다 못 쓴다.'고 한 여인의 숨김없는 속내 앞에 우리의 눈시울도 붉어진다. 남편 잃은 아픔과 서러움을 피를 토하듯 쏟아낸 후 꿈에서라도 답장을 받고 싶어서, 죽은 남편에게 '꿈속에 와서 자세히 말해 달라.'는 구절에 이르면 그녀의 사랑이 얼마나 깊고 애절하였는지를 가늠하게 한다.

더군다나 하늘에 닿는 간절한 소망으로 지은 미투리를 신어보지도 못하고 병석에 누운 남편이 세상을 떠나버려 아내의 서러움을 더하고 있다. 미투리를 쌌던 한지가 남편의 시신 머리맡에서 발견되었는데

다섯 손가락

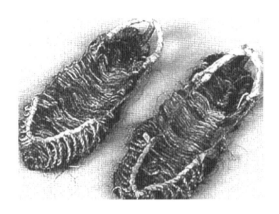

| 남편 소생 간절함 담아 머리카락과 삼으로 지은 미투리 |

훼손되어서 "이 신 신어 보지도 못하고….”라는 내용만 남아있으나, 이를 통해 미투리를 남편과 함께 묻어주면서 저승길을 갈 때 신고 가기를 바라는 부인의 생사를 초월한 영원한 부부애를 읽을 수 있다.

　단단한 회곽(灰槨) 안에서 미이라 상태로 드러난 무덤의 주인은 키 180㎝ 가량의 건장한 젊은이로 짧은 턱수염에 입을 굳게 다물고 있었으며, 아내의 편지는 시신의 가슴 부분을 덮고 있었다. 요절한 이응태의 죽음은 남편을 잃고 몸부림치는 아내 뿐 아니라 온 집안의 충격이었을 것이다. 아버지 이요신은 평소에 아들에게 보낸 편지 13건을 무덤에 넣어 아들에 대한 못다 한 정을 나누고 있다. 형 이몽태는 갑자기 죽은 아우를 향해 접부채에 시를 써서 망자를 위로했고, 배속에 든 아이와 아들 하나 그리고 아내를 남기고 떠난 아우를 위해 "자네가 남기고 간 어린 자식, 내 살았으니 그래도 보살필 수 있구려."라고 안심시키고 있다.

이 편지는 1998년 4월 24일 안동에서 묘지 이장 작업을 하던 중에 발견됐다. 실상 이응태는 고성 이씨 족보에도 상세히 기록되어 있는 인물이 아니다. 그러나 그 젊은 아내의 절절한 사부곡을 통해 우리 모두의 가슴에 '영원한 사랑'의 상징으로 되살아났다. 이응태의 아내에 대해서는 이름도 삶도 알려진 것이 없지만 오직 남편을 향한 진실된 사랑 하나로 하늘을 움직여 400여 년이 지난 오늘날 세상에 그 존재감을 드러내고 현대인들의 심금을 울리고 있는 것이다.

피어보지도 못하고 생명이 꺾여버리는 요절은 우리를 슬프게 한다. 이제 막 사랑을 피우기 시작한 젊은 부부 중 남편이나 아내의 요절은 더욱더 우리를 슬프게 한다. 세상에서 가장 소중한 사람은 '지금 내 옆에 있는 사람'이라는 말이 있다. 그런데 우리는 '그 사람'을 세상에서 가장 소홀한 사람으로 취급하고 있는 건 아닐까. 바야흐로 백세시대를 살면서 배우자를 귀하게 여기는 것은 고사하고 '삼식'이니 뭐니 하면서 농담거리로 삼고 대놓고 귀찮아하는 것을 재미로 여긴다. 하지만 의학이 발달한 지금이라고 해서 병든 배우자를 다 살려 내는 것도 아니고, 예전에 없던 사고나 사건의 희생자가 되는 일은 또 얼마나 많은가. 아무리 장수 시대라 해도 배우자를 일찍 잃을 가능성은 예나 지금이나 마찬가지다. 430여 년 전, 전설이 된 젊은 부부의 어여쁘고 애달픈 사랑 앞에 나는 내 옆에 있는 사람을 얼마나 소중히 여기고 있는지 새삼 돌아보게 된다.

선조 / 전쟁 소용돌이 속, 못 말릴 딸 바보

●

●

●

●

●

모든 일에는 양면성이 있는 법이다. 조선 중기에 이를 때까지 지지부진하던 한글 사용이 우리 민족이 겪은 전쟁 중 가장 혹독했다고 할 수 있는 임진왜란으로 물꼬가 터지는 계기가 된 것도 그러하다. 조선 전기, 사대부들을 중심으로 한 양반층의 반대로 널리 보급되지 못하고 있던 한글이 전쟁 중에 백성들과의 소통의 수단으로 빠르게 확산된 것이다. 급박하게 돌아가는 시국의 흐름 속에 백성들에게 내리는 포고문을 쓰려면 한문 대신 한글로 쓸 수밖에 없었을 테니 전쟁이 한글 실용화의 길을 연 셈이다.

선조(1552-1608)가 의주 피란 중에 백성들에게 내린 한글 교서의 내용을 살펴보자. 1593년, 선조 26년 9월 9일에 쓴 비망기에는 "부산 등지에 있는 우리 백성으로서 왜적에게 투항하여 들어간 자가 매우 많은데 돌아오고 싶어도, 돌아오면 화를 당할까 의심하는 자가 어찌 없겠는가. 별도로 방문을 만들어 분명하게 알리되 나오면 죽음을 면해 줄 뿐 아니라 평생토록 부역을 면제해 줄 것이며 혹 포상으로 벼슬도 줄 수 있다는 등의 일을 참작해서 의논하여 조처하도록 비변사에 이르라"는 내용을 골자로 하고 있다. 백성들과의 소통이 일차적 목적인 편지였던 것이다. 이 교지가 내려지자 장수 권탁은 적진에 몰래 들어가 왜적 수십 명을 죽이고 우리 백성 100여 명을 구출해 나왔다. 권탁은 이때 입은 상처의 후유증으로 사망했지만 이 교지는 권탁의 후손 집에 보관되어 지금까지 전해지고 있다.

선조는 시대를 잘 타고나지 못한 박복한 군주이다. 당쟁과 전쟁의 잿더미 속에서 41년 간 재위하며 임진왜란으로 인해 7년간이나 국토가 유린되는 참혹한 시기를 겪어야 했다. 1592년은 조선 건국 200년째 되는 해로 200년간 지속된 평화는 해이해진 국방 체계를 무너뜨렸고 사화 및 당쟁 등의 정권 다툼이 끊이지 않아 결국 왜적을 불러들였다. 1593년에는 민생이 피폐할 대로 피폐해져 부모가 자식을 버리거나 사람이 사람을 잡아먹는 반인륜적 패륜행위가 속출했다. 전란으로 인한 고통은 일반 백성뿐 아니라 사대부를 거쳐 왕실에까지 닥쳤다.

선조는 피란길에서 의주의 한 어부가 올린 보잘 것 없는 생선 '묵'을 주린 배를 채우느라 허겁지겁 먹은 후 그 맛에 반해 이름을 '묵'에서 '은어'로 치켜 올린다. 하지만 훗날 다시금 호사스러운 밥상을 대하자 '아련한 추억'의 그 묵을 상에 올리게 했지만 그 맛이 예전의 별미가 아니자 은어라는 이름을 물리고 '도로 묵'이라고 했다는 일화는 유명하다.

선조는 22건의 한글편지를 남겼다. 그 중에서 5건이 임진왜란 중에 쓴 것이다. 선조의 편지에는 전쟁으로 인해 황폐해진 조선과 추락하는 왕권에 대한 자괴감 및 고뇌가 담길 수밖에 없었다. 또한 그의 편지에는 전란을 피해 이리저리 흩어져야만 했던 왕자와 공주의 안위를 염려하며 노심초사했던 '보통 아버지'의 모습도 고통스럽게 아로새겨져 있다.

선조는 딸들에게 보낸 편지만 20여 건을 남겼다. 그 가운데 정숙옹주의 안위를 묻는 '딸 바보' 선조의 편지를 함께 읽어보자.

선조는 1597년 9월 20일 제2차 왜란인 정유재란(1597)으로 인해 해주 등지에 피신하고 있는 옹주에게 "그곳으로 간 뒤 안부를 몰라 (편지를) 하는구나. 어찌들 있느냐? 서울은 특별한 기별이 없고 왜적은 물러났으니 기쁘구나. 나도 무사히 있다. 다시금 잘 있거라."라는 편지를 보내, 자식을 찾고 자식을 걱정하는 아비의 정을 고스란히 보여주고 있다.

전쟁이 끝난 후에도 1603년에 11월 25일 26일 이틀 간 연달아 편지를 쓰기도 했다. "편지 보고 (몸에) 돋은 것은 그 방(너 역질하던 방)이 어둡고 날도 흐리니 햇빛이 돌아들면 내가 친히 보고 자세히 기별하마. 대강 약을 쓸 일이 있어도 의관과 의녀를 들여 대령하려 한다. 걱정하지 마라. 자연히 낫지 않으랴." 두 번째 편지는 천연두에 걸린

| 선조가 옹주에게, 1603년(선조36), 「인목
왕후필적」첩, 서울대 규장각 소장 |

동생 정안옹주를 염려하는 정숙옹
주의 편지에 대한 답장임을 알 수 있
다. 당시 14세 된 어린 딸의 병을 염
려하는 아버지의 안타까운 마음과
또 다른 자식을 안심시키려는 위로
의 마음을 다정다감하게 표현했다.

또한 1597년 선조는 어느 숙의에
게 근심과 자상함이 담긴 답서를 쓰
기도 했다. 내용 중에 전라도를 치려
고 한다는 왜적의 재침을 듣고 근심하는 선조의 모습이 엿보인다. 실
제 이때의 실록을 보면 일본이 전라, 제주를 유린할 것이라는 내용의
장계가 올라와 선조는 나라를 지키기에 앞서 비빈과 옹주들을 강화도
로 피란시키려고 한 사실을 알 수 있다. 이에 중국의 오 총병이 항의
하고 질책한 사실도 기록으로 남아 있는데, 구구절절 옳은 말이지만,
불행하게도 선조는 한 국가의 어버이보다 한 가정의 필부가 더 어울
렸을 남자였던 것 같다.

국왕이 왕자녀를 다 내보내고 국왕 역시 곧 뒤따라 나갈 것이라고 들었
는데 그런가? 이것이 무슨 뜻인가? 중국에서 그대 나라를 위하여 이처
럼 주선하고 있는데 국왕은 수습할 생각은 하지 않고 이처럼 하고 있다
니. 만약 국왕이 아침에 나가면 우리들은 저녁에 돌아갈 것이다. 나는

다섯 손가락

집을 떠난 지 7년이 되도록 만 리 이역에서 분주하게 일하고 있는데 이

것이 어찌 좋아서 하는 일이겠는가. 국왕이 만약 스스로 자기 나라를 버

린다면 중국군들이 무엇 때문에 그대 나라에 와서 지키며 전량을 허비하

겠는가?(선조실록: 1597년 6월 28일)

한편 선조는 명필로 잘 알려져 있다. 중국 사신들조차 선조의 필적을 얻고자 애를 썼을 정도였다니 조선의 왕들 중에서 최고의 명필이라고 해도 과언이 아니다. 율곡학파의 성리학 계보를 잇는 선조는 석봉체류의 글씨를 썼다. 글씨뿐 아니라 그림도 잘 그려 추사 김정희는 선조의 난초 그림을 하늘이 내려준 재능을 발휘한 결과라고 칭송했다.

선조가 태생적으로 유약했는지, 아니면 혹독한 전쟁에 시달려 심약해진 것인지 알 길이 있든 없든 안타깝고 민망할 뿐이다. 빼어난 예술적 성정을 타고난 사람이라 정치를 하기에는 기질적으로 맞지 않았을지도 모른다. 게다가 장기간 전쟁을 겪고 있는 국가의 군주였으니 내면의 고통이 이루 말할 수 없었을 것이다. 그런 와중에 이리저리 흩어져 있는 딸들에게 편지를 쓰는 동안에라도 국왕으로서의 무거운 짐을 벗고 자연인의 모습으로 돌아가 스스로를 위로하고 싶었을지 모른다. 그런 점에서도 편지가 갖는 위로와 내면 치유의 힘은 무시할수 없다. 문득 옥중에 있는 전직 두 대통령들도 가족이나 일가붙이, 지인들에게 편지를 쓰며 인고의 세월을 견디는 것은 어떨까 하는 생각이 든다.

인목왕후 / 천 장 종이에 쓴다 해도 내 통한 삭을까

행복한 사람은 글을 쓰지 않는다고 했던가. 현실이 만족스럽고, 일이 생각대로 풀리고, 주어진 조건이 순조롭게 펼쳐진다면 글을 쓰지 않는 것이 아니라 글을 쓰지 못할지도 모른다. 글이란 고통스럽고 불안한 현실을 견뎌내게 하는 내면적 구원과도 같은 것, 여기 파란만장한 통한의 삶을 글로, 글씨로 승화시킨 한 여인이 있다.

인목왕후 김씨(1584-1632)는 조선 14대왕 선조의 계비이다. 19세때 51세의 선조와 혼인하여 3년 후 영창대군을 낳은, '인목대비'로 우리에게 알려져 있다. 그때 후궁 소생인 광해군은 32세로 이미 세자로 책봉된 상태였다. 서자의 아들로서 왕위에 오른 조선 최초의 방계출신의 출생 콤플렉스를 가진 선조는 적자 영창대군을 더없이 아꼈고 왕후 김씨의 검소하고 어진 성품을 귀히 여기며, '내전의 인자함은 이전 어떤 왕비라 해도 이보다 나을 수 없다.'고 칭송했다. 왕후 김씨는 겨울철이면 위졸(衛卒)들에게 동옷, 가죽 모자 등을 하사하고, 자신의 나이 어림을 인식하여 후궁과 노상궁 앞에서 권위를 내세우지 않았다. 지위가 높음에도 자신을 성찰하고 궁궐 여인들의 투기와 질투를 경계하며 매사 신중하게 처신했던 것이다.

그러나 선조가 57세로 세상을 뜬 후 왕후의 삶은 곤두박질치게 된다. 왕위를 승계한 광해군이 왕후의 친정아버지

| 인목왕후 동한연의언해본(조선왕조어필도록) |

를 역모죄로 사형시키고, 어머니는 제주도의 관노비로 전락시킨 것이다. 하지만 이것은 핍박의 서막에 불과했다. 광해군은 1614년 이복동생인 영창대군을 증살(蒸殺)하고, 4년 후에는 왕후 김씨마저 폐위시켜 딸 정명공주와 함께 5년간 서궁(덕수궁)에 유폐시킨다. 일련의 참혹한 불행으로 인목왕후의 원통함이 극에 달하면서 이후 10년간 눈물을 먹 삼아 글과 글씨를 써나가기 시작했던 것이다. 사랑을 듬뿍 주던 남편 선조의 승하, 이어진 부친의 처형, 모친의 관노비, 어린 아들 영창대군의 처참한 죽음, 자신의 폐위와 유폐 등 상상을 초월하는 모진 고초를 겪으면서 글과 글씨를 쓰는 것이 곧 살아있는 것이라

는 각오로 먹을 갈았던 듯하다.

인목왕후는 서궁 유폐 시절에 고전소설『동한연의』언해본을 필사하기도 했는데 이를 통해 17세기 초의 한글 서풍을 짐작할 수 있다.

왕후의 글씨체는 유려하면서도 단호한 힘이 서려 있으며 축선 또한 한자 서체와 마찬가지로 글자의 중심을 가운데로 두고 있어 궁체가 정립되기 바로 직전 시기를 유추하게 한다.

한편 1623년 인조반정으로 광해군이 축출되고 대비로 복위된 후 선조의 후궁 정빈 홍씨에게 보낸 한글 편지의 글씨 또한 동한연의의 서체와 맥을 같이 하고 있다.

> 하늘이 안목이 있어 원부(원한 맺힌 부인)의 죄가 없음을 아시어 오늘날(인조반정으로 복위됨)을 보았습니다. 십년 밖 유수 중에 곤욕을 받던 일이야 천 장이 되는 종이라 하여 다 쓸 수 있으며 천지는 없어질지언정 원부의 서러운 말은 세상이 다하여도 다 이르지 못할 것입니다. (중략) 강보의 고아 영창대군이 기어이 조정에 들어갈 일을 불쌍히 여겨 모질게 목숨을 부지하였다가 그런 파렴치하고 흉측한 원왕지사를 만났으니 부형의 원수를 생각건대 촌시도 이 세상에서 하는 일없이 밥만 축내지 못할 것이라.

편지에는 서궁 유폐 때의 한이 서리서리 서려 있다. 오직 지필묵에 의지하여 원수 갚을 날을 기다리며 목숨을 부지했음을 토로하고 있다. 왕후는 외모와 내면이 모두 아름답고 어질며 재주 또한 출중했던

다섯 손가락

여인이었지만 30년 궁중 생활 중 선조의 총애를 받았던 6, 7년을 빼고는 광해군 치하에서 치욕의 삶을 견뎌야 했다. 대비로 복원된 뒤에도 편안한 삶은 짧아, 49세에 한 많은 생을 버렸다. 그 운명은 가혹했지만 인고의 세월을 글과 글씨로 닦으며 자기 삶을 욕되이 하지 않고 승화시킬 수 있었던 자세에 머리를 숙이지 않을 수 없다. 운명의 수레바퀴는 너무도 무자비하게 왕후를 짓눌렀지만 이에 굴하지 않고 고통을 승화시키며 아픔으로 아로새긴 글을 후대에 남겼다. 사람이 살다간 흔적이나 남는 것은 결국 고뇌나 창작의 사유물이라는 점에서 산다는 것은 어쩌면 잘 견디는 일이 아닐까?

정조 / 편지로 트라우마 달랜 문화 군주

18세기 '문화 군주'인 조선의 22대왕 정조는 조선의 문예 부흥기를 이끌었다는 평가에 걸맞게 많은 한글 편지를 남겼다. 요즘 말로 하면 소통과 화합의 정치를 이룩하며 그 매개로 편지를 이용했던 것이다. 가령 야당 영수였던 심환지에게 "밤에 자다가 처마에서 물이 떨어지는 소리를 듣고서 농사를 망치게 될까 걱정하느라 닭이 세 번 울 때까지 잠을 이루지 못했다. 늦게야 비로소 비가 그쳤으니 기뻐 펄쩍 뛸 지경이다. 간밤에 잘잤는가?"라며 보낸 편지에서 인간적 군주의 면모를 아낌없이 보여주었다.

정조는 가히 '편지대왕'이자 세종에 버금가는 현군이었다. 어찰 정치를 했다는 말이 공연히 나온 것이 아니다. 친족과 대신들에게 보낸 편지가 약 1,500건으로 측근들에게 편지를 보냄으로써 자신의 정치적 의지를 확고히 전달하고, 상대를 존중하는 방식으로 의견을 조율함으로써 어찰을 정국 운영에 적극 활용했다. 노론 벽파의 영수였던 심환지와의 비밀 편지 299건을 비롯해서 남인 영수 채제공, 정약용 등에게도 편지를 써 나라 걱정과 백성 사랑을 함께 의논했다. 정조와 심환지가 하루에도 몇 차례씩 주고받은 밀서는 국정이나 인사 문제들을 막후 조율하기 위한 것으로 현대 정치인들이 벤치마킹해 볼 만하다는 생각이 든다.

한편 정조는 타고난 다정다감한 성품을 한글 편지에 유감없이 드러냈다. 세손 세자 시절부터 손위의 종친, 외삼촌, 외사촌 동생 등 아래 위를 두루 아우르며 편지로 안부를 물었다.

"서릿바람에 기후 평안하신지 문안 알고자 합니다. (숙모님을) 뵌 지 오래되어 섭섭하고 그리웠는데 어제 편지 보니 든든하고 반갑습니다. 할아버님께서도 평안하시다 하니 기쁘옵니다. —원손"

1752년 9월 22일 사도세자와 혜경궁 홍씨 사이에서 태어난 정조는 출생하자 바로 원손으로 봉해졌으며 순탄한 유년기를 보냈다. 3세부터 소학을 배우고 8세에 왕세손에 책봉되었다. 어머니 혜경궁은 "글씨 쓰기를 좋아하여 두 살 때 이미 글자 모양을 만들었고, 서너너덧 살 때 필획이 이루어져 날마다 그것으로 장난을 삼았다. 그리고 대여섯 살 때 쓴 글씨로 병풍을 만든 사람도 있었다. 언서는 4, 5세경에

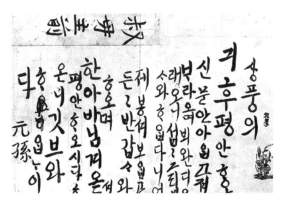

| 정조(3~5세경)가 외숙모에게, 1752~1759년경, 국립한글박물관 소장 |

이미 어른처럼 격식을 갖춰 한글편지를 썼다."고 전하고 있다. 외숙
모께 안부를 전하는 이 편지도 아마 그 무렵 썼을 것이다.

한편 세손 시기의 편지 글씨체는 원손 때에 비해 크게 발전하지 않
았지만 주변을 헤아리는 따사로운 마음만은 더 깊어졌다.

"날씨가 몹시 추우니 기운이 평안하신지 문안 알고자 합니다. 오래 편지
도 못하여 섭섭하게 지냈는데 돌 아재가 (궁에) 들어오니 든든합니다. (돌
아재에게) (궁에) 들어오기 쉽지 않으니 내일 나가라 하니 (할아버님께서)
오늘 나오라 하셨다 하고 오래 못 있겠다 하니, 할아버님께서 인마를 내
일 보내시길 바랍니다. 수대 못 들어오니 후일 부디 (병이) 낫거든 들여
보내옵소서. ─세손"

다섯 손가락

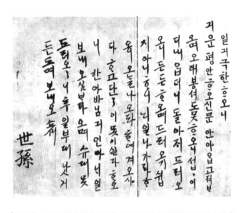

| 정조(9~10세경)가 외숙모에게, 1760년경, 국립한글박물관 소장 |

　원손에서 세손이 된 지 얼마 지나지 않은 9, 10세 때에 또다시 외숙모에게 편지를 쓰면서, 내용 중에 외사촌인 홍수영을 '수대'라고 지칭하며 수대가 병이 나으면 궁에 꼭 들여보내달라고 외숙모에게 청하고 있다. 어린 시절 외사촌과 잘 어울리며 친하게 지냈음을 알게 하는 대목이다.

　정조는 세손 때부터 연행사를 통해 수많은 서적을 구입하여 개인 도서실을 소유할 정도로 학문을 좋아했다. 영조도 늘 이르기를 "세손은 주작의 뜻이 털끝만큼도 없고 금원에 꽃이 피어 있어도 나를 따라가는 경우가 아니면 한 번도 가서 구경하는 일 없이 날마다 조용히 앉아 독서만 한다. 그게 억지로 되는 일인가. 바로 그의 천성이 그런 것이다."라며 흡족히 여기고 칭찬했다. 이렇게 남달리 감수성이 예민했던 소년이 어린 나이에 아버지 사도세자가 죽어가는 것을 목격한 후 입은 내면의 상처는 컸을 것이다. 정조는 외가와의 편지 왕래에 의지하며 이때 입은 트라우마를 치유하고 위안을 얻었을 것으로 여겨진다. 재위에 오른 정조의 편지에는 순탄치 못한 왕위 계승에도 불구하고 독서를 통해 마음의 평정을 얻으려 각고의 노력을 한 흔적이 여실하다. 이처럼 정조는 수많은 편지를 통해 비극적 가족사의 한복판에 선 자신의 운명을 위로하고, 섬세한 감정과 자상한 마음씨를 두루 표현함으로써 한 나라의 군주이기 전에 한 인간으로서의 면모를 여실히 보여주고 있다.

인간으로서 도저히 감당할 수 없는 커다란 슬픔을 겪은 사람들의 행로는 두 길로 나뉘는 듯하다. 세상에 대한 강렬한 증오심에 사로잡혀 자신의 인생마저 망가뜨리는 부류가 있는가 하면, 고통을 승화하여 큰 그릇으로 자신을 키워가는 사람이 있다. 고난을 통해 자신의 본 모습을 찾고 다른 사람의 아픔까지 보듬는 성숙한 사람 말이다. 그 사람이 한 나라의 지도자라면 같은 시대를 살아가는 국민들 모두가 행복하다 할 것이다. 운명은 자신이 결정할 수 없지만, 그 운명을 어떻게 받아들이며 그로 인한 내 삶의 방향을 어떻게 가져갈 것인가는 본인의 선택이다. 정조대왕은 편지로서 소통하고 학문과 애민정신으로 극복한 것이리라.

다섯 손가락

만 가지 이름의 우물

· 신아연 ·

사람은 저마다 자신의 우물 속에 산다. 나는 나의 우물 안에, 너는 너의 우물 안에서 일생을 살다 간다. 나는 나의 우물이 좋다고만 하면 되는데, 내 우물이 옳다고 하니 갈등이 발생한다. 내 우물이 옳으니 네 우물은 틀린 것이 된다. 너와 나는 다른 우물을 가졌다고 인정하기가 무척이나 어렵다. 그러니 서로 소통하지 못하는 것이 당연하다. 나는 세상 사람들의 우물이 각기 달라도, 그래서 서로 소통하지 못한다 해도, 모두 한 생명을 부여받았다는 이유만으로 공감을 만들어 낼 수 있는 '공동 우물'을 찾고 싶었다. 그것은 바로 '일상'이라는 이름의 우물이었다. 나는 소통의 소망을 품고 일상의 우물 속으로 나의 두레박을 던져 삶을 길어 올린다.

photo by 김성재

책을 읽겠느냐, 짐승의 길을 가겠느냐

●

●

●

●

●

　지인의 SNS 프로필에는 "책을 읽겠느냐, 짐승의 길을 가겠느냐"는 상태 메시지가 떠 있다. 골수를 쪼개듯 섬뜩하리만치 선연한 이 말은 고산 윤선도의 후손이자 윤두서의 현손인 윤종문에게 주는 다산의 글에 나온다. 선비의 생업과 독서에 대한 가르침을 주는 글 내용의 마지막에 나오는 이 문장을 한양대학교 국어국문학과 정민 교수가 쓴 『다산 교육법 −돼지의 즐거움』에서 인용하자면 이렇다.

　"잘 먹고 잘 사는 것을 인생의 목표로 삼는다면 그것은 짐승과 다를 게 없다. 굶고 살 수는 없으니 원포 경영을 통해 기본적 생계의 문제를 해결해라. 그 방법은 그다지 어려울 것도 없다. 생계는 안 돌보고 공부만 하겠다는 것은 무모하고 무책임하다. 그렇지만 생계를 위해 공부를 놓겠다는 것은 배부른 돼지가 되겠다는 것과 같다. 너를 구원해 줄 것은 오직 독서뿐이다. 책을 읽겠느냐? 짐승의 길을 가겠느냐?"

원포란 과실나무와 채소 따위를 심어 가꾸는 뒤란이나 밭을 의미한다. 그곳에서 입에 풀칠 할 정도의, 입 벌이 수준의 소출을 낼 수 있었을 것이다. 글을 좀 더 읽어보기로 하자.

"어떤 삶을 원하는가? 화려한 비단옷을 입고 산다. 추운 겨울에는 갖옷을 입고 더운 여름에는 잠자리 날개 같은 고운 베옷을 입는다. 이렇게 살면 흡족할까? 비취새와 공작새도 비단옷을 입고, 여우와 살쾡이, 담비와 오소리도 갖옷을 입는다. 그게 무슨 대수인가. 그렇다면 맛난 음식은 어떤가? 끼니마다 산해진미가 밥상에 오르고, 기름진 고기요리가 빠지지 않는다. 평생 배고픈 줄 모르고 먹고 싶은 것은 무엇이나 마음껏 먹을 수 있다면 얼마나 좋을까? 고기를 배불리 먹는 것은 범이나 표범, 매나 독수리 같은 짐승들이 늘 하는 일이다. 대단할 것이 하나도 없다. 어여쁜 미인의 가무 속에 늘 잔치하며 근심을 모르고 산다면 어떨까? 그것도 허망하다. 미인의 고운 자태는 얼마 못 가 주름이 지고, 흥겹던 음악과 즐겁던 자리는 자취도 없다. 절세의 미녀도 물고기가 보면 놀라 달아나기 바쁘다. 평생 먹이만 보면 주둥이를 박아대는 돼지의 삶이 그토록 부러운가? 그 옛날 부자 석숭의 별장이 있던 금곡에서의 흥겨운 잔치와 소제에서의 즐거운 자리에 지금 무엇이 남아 있는가?

우리가 믿을 것은 독서뿐이다. 책 속에는 없는 것이 없고 할 수 없는 일이 없다. 성현과 어깨를 나란히 할 수도 있고, 백성을 교화할 수도 있다. 귀신의 일을 알 수가 있고, 나라를 위해 큰일을 할 수도 있다. 책을 통해 우리를 들어 올리면 무엇이든 다 할 수가 있다. 그저 배부르고 등 따스운 돼지의 삶에 더는 눈길을 주지 않게 만든다. 나는 네가 독서를 통해 대체를 기르는 대인이 되면 좋겠다. 의복과 음식을 탐하고 여색에 마음을 빼앗기는 소인배가 되지 않기를 희망한다. 배불뚝이 부자로 살다가, 죽은 몸뚱이가 식기도 전에 이름이 사라져버리면 짐승일 뿐이다. 그런 짐승의 길을 자랑스러워하지 않고 부끄러워하게 되기를 바란다."

인용이 길었지만, '독서의 필연성'을 전하기에 이보다 더 효과적이고 직접적인 표현은 없을 것 같다. 옛 시대, 옛 사람에게나 해당되는 말이라며 콧방귀를 뀌어야 할까. 하지만 글에서 묘사하고 있는 '돼지의 즐거움'에 빠져 있기는 지금 사람이 훨씬 심하다. 잘 먹고, 잘 입고, 좋은 차 굴리고, 아파트 평수 넓히기에 평생을 걸고, 그게 곧 잘 사는 것이라며 '돈, 돈' 하는 사이사이 '바보상자'와 스마트폰 앞에 앉아 생각하고 사유하는 뇌의 기능을 증발시켜 가고 있는 것이다. 그런데 이런 믿기지 않는 이야기도 있다. 도스토예프스키의 첫 소설 『가난한 사람들』에 나오는 구절이다.

"아아, 세상에! 저들이 얼마나 돈을 잘 버는지 아십니까! 종이 한 장 써내는 일이 뭐가 그렇게 힘들겠어요? 어떤 때는 하루에 다섯 장 정도 쓰는데 한 장에 3백 루블이나 받는다는군요. 뭐 좀 재미있는 콩트나 웃기는 이야기를 쓰면 5백 루블도 받고, 달라, 못 준다, 아무리 저쪽에서 억지를 써도 이쪽에선 큰소리를 탕탕 친다는 거예요. (중략) 자작시를 써놓은 공책도 한 권 있는데 시라고 해봤자 다들 짤막짤막하더구만, 그는 노트 한 권에 7천 루블이나 달라고 한다더군요. 그만한 돈이면 웬만한 영지나 커다란 집 한 채 값이죠."

『가난한 사람들』은 '찢어지게' 가난하고 궁색한 늙은 하급 관리와, 그에 못지않은 가난으로 인해 돈 많은 지주에게 팔려서 시집가는 가련한 처녀가 주고받는 편지체 소설이다. 도스또예프스키는 24세 무렵, 본인 스스로 하급관리로서 생활고에 시달리다 가난을 벗어나기 위한 수단으로, '돈 때문에' 이 작품을 쓰게 된다. 그렇게 낸 소설이 대히트를 하면서 그는 일약 스타 작가가 되어 돈과 명예를 거머쥐고 문학의 길을 가게 되는 행운을 얻는다.

'러시아가 낳은 악마적인 천재', '도스또예프스키를 낳았다는 것만으로도 러시아 민족의 존재는 충분히 정당화될 수 있다.'는 등, 그에 대한 화려하고 웅대한 수식의 이면적 실상에는 돈, 그것도 생계를 위한 절박한 돈 문제가 똬리를 튼 뱀처럼 도사리고 있었던 것이다. 물론 대책 없는 소비와 도박 빚에 허덕이는 도스또예프스키의 못 말리는 낭비벽이 근본 원인이었지만 그렇게 돈에 쫓기지 않았다면 글을 쓰지도 않았을 테니 위대한 작가가 세상에 드러나는 방식은 어떤 식이건 '무죄'라고 해야 할지.

이 모든 게 사실이고, 당시 상황이 지금처럼 글이 큰 돈벌이가 되지 못하는 때였다면 세계적 대문호 도스또예프스키는 세상에 존재하지 않았을 것이다. 글재주가 아무리 탁월했다 해도 그것이 돈이 안 된다면 그의 재정 형편상 돈이 되는 다른 일을 찾을 수밖에 없었을 테니까. 그의 육필 원고지 사방 여백 곳곳에는 작은 숫자와 덧셈, 곱셈들이 나열되어 있었다고 하는데 그것은 매당 원고료를 계산한 흔적이라고 한다. 글은 수단이고 돈이 목적이 되어 틈틈이 돈 계산을 하면서 원고지를 메우고 있었다는 의미이다. "지금까지 몇 장 썼으니까 얼마 벌었다." 이런 식으로 말이다.

"국민으로서 최고의 선행이자 가장 중요한 덕목은 돈벌이를 잘 하는 것"이라는 말이 『가난한 사람들』에도 나오지만 그의 소설에는 유난히 돈에 관한 이야기가 많은 걸로 보아 이래저래 도스또예프스키는 돈에 관심이 많았던 것 같다. 입만 열면 돈 타령이요, 매사 돈을 밝히며 궁기에 쩐 대문호의 민낯을 대하기가 어색하고 민망하지만 진실을 부정할 수는 없겠다.

공무원 봉급으로는 무분별한 소비 습관을 감당할 수 없어서 소설가의 길로 가야 했던 도스또예프스키와, 비록 쥐꼬리 월급일지언정 말단 공무원이 되기 위해 쓰던 소설도 집어치워야 하는 작금의 우리나라 상황을 비교해 보면 재미있다. 더구나 큰돈을 만질 수 있는 방편

중 하나로 글 쓰는 일이 꼽혔다는 것은 아무리 시대와 공간이 다르다고 해도 잘 상상이 안 된다.

우리나라 독서 현실에서는 글을 쓰면 쓸수록, 책을 내면 낼수록 가난해질 것을 각오해야 한다. 그럼에도 불구하고 글을 계속 쓰고 싶다면 대부분은 밥벌이 수단을 달리 강구해야 한다. 글을 쓸 것인가, 밥을 먹을 것인가, 이 두 명제가 마치 죽느냐, 사느냐의 다른 말이 되어버린 세상에서 나 역시 소설가로서 언감생심 도스또예프스키를 부러워할 수는 없고, 그저 시절 인연을 탓할 수밖에 없겠지만, 모두들 책을 안 읽어도 너무 안 읽는다는 사실에 원망스러운 마음이 드는 것도 어쩔 수 없는 것 같다.

두 번 죽는 여자들

·

·

·

·

·

요즘 들어 유난히 부고를 자주 접한다. 특히 친구들의 부모상을 앞서거니 뒤서거니 접하면서 2년 전 돌아가신 친정어머니를 떠올리는 일이 잦다. 추석에 차례 지낸 뒷정리를 하시다 그만 넘어져서 고관절이 골절됐고, 명절 연휴가 끝나자마자 수술을 받으셨지만 그 길로 깨어나지 못하셨다. 병원 측의 과실이 컸던 것 같다. 84세 고령이었지만 웃으며 수술실로 들어가신 분이 두어 시간 후 중환자실을 거쳐 다시 두 시간 정도 지나 영안실로 가버리셨으니…. 모두 하루 만에 일어난 일이다.

어느 정도 준비되고 예고되는 죽음에 비해 어머니의 그것은 너무 급작스러워 삶과 죽음이 동전의 양면처럼 붙어 있다가 어느 순간 면을 뒤집는다는 것을 실감하게 했다. 당시에는 황망하기만 하더니 시

114 다섯 손가락

간이 지나면서 조금씩 실감하게 되었다.

> 어머니가 세상을 떠나자
> 내 사전에는 어머니란 자리가 비었다

고승주 시인의 시집 『가을경전읽기』에 수록된 시 「사전에서 사라진 단어」의 첫 구절이다.

> 어머니가 세상을 떠나자 / 내 사전에는 어머니란 자리가 비었다 / 예리한 칼날로 오려낸 텅 빈 자리 / 그곳에 드러누운 깊고 어두운 수렁 / 혀 끝에 맺히지 못하는 낱말은 / 손가락 사이 모래알처럼 달아나고 / 어머니가 떠난 빈자리엔 / 사나운 바람이 한나절 울고 간다 / 이제 어머니를 부르는 일은 / 멸종된 도도새의 이름을 부르는 것만큼이나 막막하다

고 시인의 시처럼 친정어머니가 세상을 떠나심과 동시에 어머니의 이름마저 홀연히 사라졌다. 시인의 표현대로 멸종된 도도새의 이름이 되어버렸다. 시인은 어머니의 존재 부재를 애달파하고 있지만 이름을 잃어버린 어머니를 둔 자식의 마음도 대신 말해 주고 있는 듯하다.

어머니의 위패에는 이렇게 쓰여 있다.

顯妣孺人仁同張氏 神位(현비유인 인동 장씨 신위)

'현비'란 돌아가신 어머니를 뜻하며, '유인'은 생전에 벼슬하지 못한 사람의 아내에게 사후 붙여주는 경칭이다. 하지만 원래는 지금의 9급 공무원 정도에 해당되는 조선시대 정·종9품 문무관의 아내에게 쓰던 존칭이다. 요즘 말로 하자면 '여사' 정도가 될 것이다. 그러니까 '현비유인 인동 장씨 신위'란 '돌아가신 어머니 인동 장 여사 혼령을 모시다' 이런 의미라 하겠다.

이처럼 위패에는 '인동 장씨'라고만 표기되어 있을 뿐 어머니의 이름이 없다. 사람은 죽어서 이름을 남긴다지만 죽고 나서 이름 자체가 증발해 버리는데 무슨 이름을 어떻게 남길 수 있을까. 도종환의 시「옥수수밭 옆에 당신을 묻고」에는 '살아평생 당신께 옷 한 벌 못 해주고 당신 죽어 처음으로 베옷 한 벌 해 입혔네'라는 구절이 나오지만 차라리 옷은 못 해줄망정 살아평생 불리던 이름은 왜 빼앗아 간단 말인가? 내 어머니뿐 아니라 조선시대 이래 모든 어머니들이, 여자들이 돌아가시면서 이름을 잃고 '멸종된 도도새'로 화(化)하는 현실 앞에서, 존재가 떠나간 자리에 이름마저 떠나니 여자는 두 번 죽는다고 해야 할까.

물론 전통적 유교사회에서 아명 말고는 여자가 정식으로 이름을 가진 예가 거의 없다는 것을 모르지 않는다. 일반 백성뿐 아니라 사대

　　　　　다섯 손가락

부나 귀족 계층의 여성들조차 이름이 없거나 안 알려진 경우가 허다하다. 실옥이란 이름을 쓰던 인현왕후, 민자영(명성황후), 초희(허난설헌), 옥정(장희빈), 인선(신사임당) 정도가 당장 생각나지만 실은 그조차 정확한 게 아닐지 모른다.

그러니 제 아무리 잘났다 해도 여성은 그저 아래와 같은 식으로 알려질 뿐이다. 한 남자의 자식으로, 또 다른 남자의 아내로, 스스로 낳은 남자의 어머니로.

> "안동 장씨(張氏, 1598~1680)는 퇴계의 학통을 전수받은 당대 영남의 거유(巨儒) 경당(敬堂) 장흥효(張興孝, 1564~1633)의 외동딸로 석계(石溪) 이시명(李時明, 1590~1674)의 부인이며 존재(存齋) 이휘일(李徽逸, 1619~1672)의 어머니이다."

그런데 세월이 흐르고 흘러, 같은 묘터에 내 어머니와 성이 같은 인동 장씨 묘가 하나 더 들어서지 말란 법이 없고, 묘비에 새긴 글자가 흐려져서 옆옆에 누워있는 두 인동 장씨가 누구의 조상인지 혼동되지 않으리란 법도 없을 것이다. 게다가 어느 날 그 옆에 또 다른 '안동 장씨'까지 누워있다면? 망자를 뵌 적이 없는 후손들일수록, 아랫대로 내려갈수록 훗날 조상의 묘를 찾는 데 큰 혼란을 겪을 게 아닌가. 어머니뿐만이 아니라 아버지도 마찬가지다.

顯考學生府君 神位(현고학생부군 신위)

아내가 죽은 후 마치 옷 한 벌 해 입혀 풀어주고자 하는 것처럼 생전에 벼슬 한자리 못하고, 배우지 못한 한을 풀어주려는 듯 고인에게 관직명과 학생이라는 칭호를 사용하고 있다. 그런데 유교 문화의 전통을 거두고 생각해 보면 무척 엉뚱한 발상이다. 국민들의 학력 수준이 그 어느 때보다 높아진 요즘 세상에는 학사는 기본이고 석박사도 수두룩하지 않은가.

또한 반드시 벼슬을 해야만 자아실현과 삶의 가치를 구현하며 이른바 출세를 하는 세상이 더 이상 아닌 것은 구태여 말할 필요도 없지 않나. 기업인, 의료인, 언론인, 문화 예술인, 스포츠인 심지어 연예인까지 사회적 인식이나 가치관 면에서 벼슬아치에 버금가는, 능가하는 대우와 자부심을 심는 전문직과 직종은 많고도 많다. 그러니 기왕 고인에게 예를 갖추기 위한 것이라면 생전에 하던 일과 연관된 직함으로 기록해야 마땅할 것이다. 그런 변화가 서서히 일어나고 있는 것은 그나마 다행이라 하겠다.

전통적 방식을 고수하자는 맹목적 주장은 어느 분야에서건 더 이상 설득력이 없다. 장례 문화도 돌아가신 부모를 기리는 유교적 전통의 맥락을 살리되 현대에 맞게 변화시킬 필요가 있다. 가령 엄격한 유교 사회에서는 부모를 비롯하여 조상의 이름을 함부로 입에 올리지 않는 것이 예의였다면 현대 사회는 조상들의 이름을 익히고 기억하는 것이 공경과 효심을 표현하는 길이다. 또한 제사나 차례를 지낼 때 뜻도 모르기 십상인 한자 지방 대신 한글로 바꾸는 것이 현실적으로 바람 직하다.

나는 어머니 기제사 지방지에 '顯妣孺人仁同張氏 神位' 대신 '돌아 가신 어머니 장복환 님을 기리어 모심'이라고 써서 어머니의 이름을 되찾아 드리고 싶다. 생전의 어머니는 남자 이름 같다며 당신의 이름 을 좋아하지 않으셨지만, 그래서 위패나 묘비에 드러내기 원치 않으 실 수도 있겠지만 그건 또 다른 문제이다.

금강산 식후경은 이제 그만

●

●

●

●

●

올해 4월에서 5월에 걸쳐 한 달 남짓 호주의 최남단 태즈메이니아 주를 여행했다. 태즈메이니아주는 거의 대한민국에 해당하는 크기지만 거대한 섬 대륙 호주의 부속 섬처럼 위치하고 있어 한국 관광객들끼리는 호주의 제주도라 부른다. 남부에 위치한 주도 호바트를 비롯해서 명실공히 '땅끝 마을(Edge of the World)'이라 불리는 지역이 있는 만큼 호주 본토에서와는 다른 체험과 경험을 했다.

호주는 생태계 및 환경 보존에 대해 진지하고 치열한 자세를 가진 나라이다. 수필가이면서 목재업에 종사하고 있는 대학 선배 부부의 초청을 받아 이번 여행을 하게 되었는데, 선배 부부는 30년 넘게 태즈메이니아에 거주하며 직원 250여 명의 현지 목재산업계의 1위 기업으로 사업체를 일구기까지 목재업이라면 무조건 반대하는 녹색당과 극렬 환경보존단체들과의 끝없는 대화와 협상의 지난한 과정을 거쳤다고 한다. 그런 난관을 뚫고 어차피 땔감이나 연료용으로 쓰일 수밖에 없는 저급 나무를 고품질 제품으로 탄생시키고, 또한 지속 가능한 수종으로 제품 가공을 하는 환경적, 도덕적 기업으로 인증을 받았다. 이렇게 자연과 화평하며 운영되는 기업이라 회사이름도 따안(대안: 大安 TA ANN TASMANIA P/L)이다.

자연훼손을 최소화하려는 호주인들의 의식은 여행문화에서도 드러난다. 호주는 세계적 관광지답게 사시사철 버스나 승합차로 많은 숫자의 관광객을 실어 나르지만 이른바 명승지 주변에 대중음식점이 없다. 그러하기에 아무리 유명한 곳이라 해도 인근 마을은 여느 곳과 다름없는 일상을 이어간다. 여행자들을 위해서는 기껏해야 피시 앤 칩스와 커피, 음료수, 아이스크림 따위를 파는 안내소를 겸한 매점 정도가 고작이다.

현지에서 여행업을 하는 큰 아이 덕에 몇 년 전에는 그야말로 아담과 이브가 부끄러운 곳만 가린 채 불쑥 나타날 것 같은, 지구 역사상 가장 오래되었다는 태곳적 숲과, 용왕이 다스릴 법한 황홀하고 신비한 바다 속 왕국도 구경할 수 있었는데, 세계 각국 사람들이 모여 그렇게 이름난 곳을 가는 길인데도 휴식이래 봤자 화장실이 딸린 길가 공원에 잠시 차를 세운 후 비스킷 한 조각과 커피로 간단히 목을 축였을 뿐이다.

약 20인승 승합차로 이동하는 중에 관광 해설사 겸 운전사가 식사

시중까지 함께 들었다. 시중이래야 목적지 입구에서 적당한 벤치를 물색하고 넓적한 바위나 야외 테이블에 식탁보를 덮은 후 도시락을 꺼내 주는 일뿐이지만. 출발 전 집결지에서 관광객들은 각자 준비한 도시락을 승합차 꽁무니에 달린 작은 트레일러 속 아이스박스에 맡기는데, 그 도시락이란 것이 또한 부실하기 짝이 없어서 바나나 한 개, 사과 한 알, 빵 한 조각 등이다.

대부분은 '중식 포함' 옵션이 없지만, 간혹 여행사 측에서 점심을 제공받으려면 패키지여행 요금과는 별도로 10불 정도의 추가 비용을 내야 한다. 그런데 각자 요깃거리를 싸들고 온 것을 보면 그것도 불필요한 지출이라고 생각하는 것 같았다. 여행사에서 준비한 점심도 별 것이 없었으니, 닭다리 하나를 뜯은 것 외에는 특별히 잘 먹었다는 기억이 없다. 점심 식사에 소요된 시간은 약 15분, 깔았던 식탁보를 걷는 것으로 정리는 끝, 일행은 곧 숲 속으로 향했다. 금강산 식후경이란 말이 무색하게 크루즈 여행 외에는 시간을 절약하고 이동을 가뿐하게 하도록 간단한 점심 일정이 짜여 있었던 것인데, 아들과 나는 그날 하루를 '빵쪼가리'로 때운 후 하루 일정을 마치고 시내로 들어와서야 비로소 제대로 된 식사를 할 수 있었다.

하지만 우리나라는 출발하는 순간부터 주최 측에서 준비한, 한 끼 식사로도 전혀 손색이 없는 떡과 과자, 사탕 등 '거나한' 간식이 나오기 시작해서 두어 시간도 지나지 않아 관광지 식당에서 반주까지 곁들여 정식으로 먹어대기 시작한다. 무슨 금과옥조라고 '금강산도 식

다섯 손가락

| 한국 유명 관광지 한 식당의 식사 후 풍경 |

후경'이니 어디를 가든 먹는 게 시원찮게 나오면 무조건 기분이 '잡치고', 반대로 볼 것은 기대보다 신통치 않았어도 일단 음식이 잘 나오면 어지간한 불만은 무마된다.

나는 1박2일 국내 여행을 하면 영락없이 몸무게가 1킬로그램 늘어나는데 나만 그런가 했더니 같은 이유로 지인은 2박3일 이상은 안 간다며, 너무 잘 먹어 체중이 2, 3킬로그램이나 불어나 제자리로 돌려놓기가 여간 어렵지 않기 때문이란다. 우리는 놀러가서까지 왜 이렇게 먹는 것에 집착을 할까.

옛 사람들에게는 어쩌다 쉬는 날이 모처럼 별식을 먹는 날이기도 했을 것이다. 여북하면 꽃구경 길에 꽃을 따 전을 부쳐 먹는 화전놀이가 다 생겼을까. 금강산 식후경이란 말도 구경보다는 주린 배를 채울 기회로 나들이가 기다려졌기에 생긴 말이지 싶다. 이처럼 고되고 허기진 일상 중에 시름을 잊고 바깥바람을 쐬면서 무엇으로든 배를 채우고 싶었던 옛 사람들의 애절하고 애틋한 풍속이 오늘날 게걸스럽게 먹어대는 휴가 문화로 변질 계승되지 않았을까.

관광지마다 어지러이 얼룩덜룩, 들쑥날쑥 가로세로로 얽혀 있는 대문짝만 한 식당 간판과, 진입로에 진을 치고 있는 장사치들, 거기서 발생하는 소음 등이 싫어서 나는 국내 여행을 꺼린다. 하지만 오랜 습관이 된 사람들은 그런 것들이 싫다 하면서도 막상 고즈넉이 유적지만 마주하게 된다면 서운한 마음이 들지도 모르겠다.

간판 꼴은 보기 싫지만 먹기는 잘 먹어야 한다는 모순된 생각으로는 개선의 여지가 없다. 그러나 생각해 보면 산과 계곡에서 취사를 한 시절도 있었지만 지금은 하지 않는 것이 상식이듯이 관광지 문화도 점차 변화되고 있다. 그럼에도 우리의 휴가 문화는 여전히 번잡스럽고 군더더기가 많다. 당장 이렇게 바꾸자고 딱 부러지게 말할 수는 없지만 더 쾌적하고 더 품위 있는 방향으로 변화시키는 것은 국민 의식 수준과 문화적 안목에 달려 있다. 단순하고 절제된 아름다움이 관광 분야에 정착되는 때, 그 언제일까.

다섯 손가락

스마트폰과 장자의 두레박

2년 전에 개통한 휴대폰이 이번 달로 약정 만료가 되었다. 다음 달부터는 단말기 사용료를 뺀 낮은 통신 요금이 부과될 것이라는 기대와 함께 한편에선 불안한 마음도 없지 않다. 지금까지의 경험에 의하면 약정 기간 만료 후 얼마 지나지 않아 새 휴대폰으로 교체하지 않을 수 없도록 기기의 수명을 2년 언저리로 교묘하게 조작해 둔 것 같은 의심이 들기 때문이다. 가장 흔한 조짐은 배터리 기능이 갑자기 떨어지는 것, 자판이 잘 눌리지 않는 것 등을 들 수 있다.

내게 전화기를 바꾸는 것은 스트레스다. 돈 때문이 아니라 새 기기에 적응해야 하는 것이 두려워서다. '무려' 2년에 걸쳐 겨우 사용법을 익혔는데 '그 모든 괴로움을 또다시' 시작해야 한다는 게 막막한 것이다. 2년 전 휴대폰을 개통하면서 어느 매체에 기고했던 풍경이 새삼 떠오른다.

대리점에 들어서니 70세가 넘은 어르신 한 분이 막 개통한 최신형 스마트폰 사용법을 익히고 있었다.

"단단히 일러줘야 혀. 한두 번 가르쳐 줘서 알아먹을 것 같지 않응게."

보통 전화기와는 달라도 너무 다를 것이란 짐작이 앞섰던 듯, 어르신의 태도는 결연하기까지 했다. 아니나 다를까 걸려오는 전화를 받는 것에서부터 막혔다. 어르신은 스마트폰의 기기묘묘한 세계에 입문도 하기 전에 기가 죽은 모습이었다.

며칠 후 그 어르신을 대리점에서 다시 만났다. 여전히 휴대폰 기능 익히기에 여념이 없었지만 점입가경으로 치달아 급기야 패닉 상태에 빠졌다는 걸 확연히 느낄 수 있었다. 문득 사람이 살아가는 데 너무 많은 기계 작동이 끼어들면 거기에 얽매이게 되고 그로 인해 본성을 해치게 된다는 장자의 말이 생각났다.

『장자』「천지」편에 이런 우화가 나온다.

어느 노인이 밭에 물을 대느라 끙끙거리며 애를 쓰지만 도무지 효율적이지 않았다. 그러자 보다 못한 한 젊은이가 "여기 기계가 있는데 한번 써

다섯 손가락

보시지요. 별로 힘들이지 않고 하루에 백 이랑의 밭에 물을 댈 수 있지요."라고 권했다.

"어떻게 사용하는 거요?"

"이른바 두레박이라는 건데 나무에 구멍을 뚫어 만든 물 긷는 기계이지요. 이것으로 우물의 물을 끌어 올리면 그 빠르기가 마치 물이 끓어 넘치는 것 같습니다."

"예끼, 이 사람. 내가 소싯적에 스승에게 이런 말을 들은 적이 있소. 기계가 있으면 그것을 쓰는 일이 생기게 되고 그렇게 되면 반드시 기계에 사로잡히는 마음이 생기게 되는 법이라고. 기계에 사로잡히면 순진하고 결백한 본래의 마음이 없어지게 되어 뭔가를 꾀하게 되고 그런 순수하지 못한 마음으로 인해 정서가 불안해진다고 했소. 그러면서 스승은 정신과 본성이 들뜨고 정서가 안정되지 못한 사람에게는 도가 깃들지 않는 법이라 하셨소. 내가 두레박을 모르는 게 아니라 도를 거스르는 게 부끄러워서 쓰지 않을 뿐이오."

그 말을 들은 젊은이는 자신의 경솔함에 고개를 들지 못하고 돌아갔다는 얘기인데, 기계라고 할 만한 것도 없었을 2,500년 전에, 기껏 두레박을 두고 기계 운운한 것에 실소를 금할 수 없지만, 현대 사회에 적용해 보자면 자동차나 컴퓨터, 스마트폰 등을 예로 들 수 있겠다.

무엇보다 스마트폰의 편리성으로 인해 외울 수 있는 전화번호가 자기 것 하나밖에 없다는 사람이 부지기수이니 이것이 바로 장자가 말한 기계 의존심이 아니고 무엇인가? 우화 속 노인처럼 도를 거스를까 두려워하기는 고사하고 일상생활에서조차 바보가 되어가는 지경이랄 밖에. 자동차에 장착된 내비게이션 탓에 이른바 '길치'가 태반이고 노래방 기기로 인해 외울 수 있는 노랫말이 하나도 없고, 심지어 '18번' 가사도 헷갈린다며 하소연 아닌 하소연을 하는 사람도 많다.

최신형 스마트폰을 장만한 그 어르신은 대리점 직원의 도움을 받아가며 가까운 사람들의 전화번호를 '외워서' 입력시켰는데, 이미 기심(機心)에 사로잡혀 사는 내게는 그분의 전화번호 외우는 능력이 경이롭기까지 했다. 하지만 그 어르신 역시 스마트폰에 익숙해질수록 암기하던 번호를 기억 속에서 지워갈 것이다.

조만간 나도 새 휴대폰 사용법을 익혀야 할 불길한 상황에 처할지도 모른다 생각하니 2년 전의 그 어르신과 내 모습이 겹쳐진다. 장자는 인간이 기계에 매이는 것은 무익함을 넘어 유해하기조차 하다고 했는데, 이렇게 심리적 부담을 준다는 것만으로도 장자의 말이 진리로 다가온다.

나도 덜 먹고 너도 덜 먹으면

"우리나라 사람들은 각자 앞에 알 낳는 기계를 하나씩 가지고 있습니다. 장소도 차지하지 않아 A4 용지 반 장 크기의 공간이면 충분합니다. 기계 사용법도 간단합니다. 24시간 밤낮으로 백열전구를 켜놓고 값싼 사료와 물만 공급하면 됩니다. 그렇게만 해두면 기계 꽁무니에서 계란이 시시때때로 뽑아져 나옵니다.

현재 전 국민에게 보급된 기계는 총 5,300만 대입니다. 이 기계를 24시간, 365일 가동시켜 한 사람당 연간 300개의 계란을 공급받게 합니다. 기계의 수명은 수개월에서 길어야 2년으로 매우 짧은 편이지만 폐기되는 순간 즉각 다른 것으로 교체가 되니 염려할 필요는 없습니다.

만약 어떤 이유로든 고장이 난다면 그대로 땅에 파묻으면 됩니다. 또한 기계가 노화되어 더 이상 계란을 만들어낼 수 없을 때는 버리는 대신 기계 자체를 잡아 먹어버릴 수가 있으니 효율적이다 못해 환상적이기까지 합니다(관리 참 쉽죠~ 잉). 오죽하면 기계의 이름이 '치느님(치킨+하느님)'일까요?

그런데 이 기계에 진드기라는 이물질이 끼여 온 나라가 발칵 뒤집혔습니다. 그도 그럴 것이 전 국민이 남녀노소 할 것 없이 이 기계를 갖고 있으니까요. 실상 기계는 24시간 스트레스에 노출되어 있습니다. 따라서 오작동 방지를 위해 항생제를 상시 투입해야 합니다. 그런데 이번에는 진드기 제거를 위해 살충제와 농약 따위를 추가로 처방해야 했던 것입니다.

그런데 기계에 투입한 살충제가 인간의 몸으로 들어오면서 그것이 기계가 아니라 '놀랍게도' 생명체라는 사실이 밝혀졌습니다. A4 용지 크기에 '꽂히다시피' 놓여 있는 알 낳는 기계가 실은 인간처럼 살아 있는 생명체였던 것입니다. 땅 속에 파묻어 버린 것은 고장 난 기계가 아니라 생목숨이 붙어있는 닭이었다는 끔찍한 진실이 드러났습니다.

원래는 수명이 평균 7~13년, 길면 20년도 된다는 사실이 추가로 밝혀졌는데, 제명을 살게 하는 방법도 아주 간단해서 그저 마당에 자유롭게 풀어두기만 하면 된다니, 닭은 기계가 아니라 생명을 가진 존재라는 사실이 거듭 확인되네요."

위의 내용은 지난 해 '살충제 계란' 파문으로 온 나라가 소란스러웠을 때 어느 매체에 기고한 글이다. 큰 이슈일수록 그렇듯이 이 문제도 처음에만 떠들썩하다가 해결도 안 된 채 유야무야되어 버렸다.

다섯 손가락

| 생명의 존엄성과 그 고귀한 가치를 말하고 있는 생명소설 『강치의 바다』 |

앞서 말했듯이 우리나라 사람들은 연간 300개 가량의 계란을 먹는다고 한다. 전국에서 5,300만 마리의 닭이 그 필요를 채우고 있으니 결국 국민 일인당 자기 닭 한 마리씩을 소유하고 있는 셈이고, 그 닭은 억지로 알을 '뽑아내야' 하는, 기계와 다름없는 취급을 받고 있다.

'계란 대란'이 일어난 때와 같은 해인 2017년 8월, 나는 생명을 주제로 한 소설 『강치의 바다』를 냈다.

삼국시대 이전부터 1900년대 초까지 독도를 까맣게 덮었던 바다사자, 강치에 관한 이야기이다. 그 많던 강치가 일제 강점기 때 잔혹하게 죽임을 당하면서 1950년대 중반, 멸종에 이르렀다.

일본인들의 무자비한 강치 잡이로 인해 맑고 싱그럽던 독도에는 연일 피 냄새가 진동하고, 벌건 속살을 드러낸 강치의 사체들이 밀려들

만 가지 이름의 우물

131

면서 걸쭉하게 변한 독도 앞바다에는 피안개가 피어오를 정도였다고 한다. 그들은 산 채로 강치의 가죽을 벗기고 살을 도려내고 기름을 짠 후 너덜너덜해진 몸뚱이를 그대로 바다에 던졌던 것이다.

구두와 가방 등을 만들 수 있는 강치 한 마리의 값은 당시 황소 열 마리 값이었다. 돈에 혈안이 된 일본은 강치 잡이로 막대한 부를 축적하느라 말 그대로 강치의 씨를 말렸다. 덩치가 큰 것들뿐만 아니라 아직 젖을 떼지 못한 어린 강치들도 잔인하게 때려죽이고, 어린 것들을 먼저 잡은 후 새끼를 구하려고 오는 어미를 동시에 사냥하는 악랄한 덫을 놓았다.

소설은 무자비한 도륙과 처참했던 대학살의 현장에서 가까스로 탈출한 어린 강치 한 쌍이 천신만고 끝에 태평양 한가운데서 호주인들에게 구조되고, 일생을 동물원에서 보낸 후 둘 사이에서 태어난 아들 강치를 고향 독도로 돌려보낸다는 줄거리로, 생명의 존엄성과 그 생명의 고귀한 가치를 말하고 있다.

어찌 몇 만 마리 강치뿐일까. 우리가 산 채 땅에 파묻은 닭은 몇 백만 마리가 아닌가. 또한 돼지도 그 운명을 피할 수 없다. 이제 그 결과가 부메랑이 되어 우리에게 돌아오고 있다. 동물은 인간과 생명을 나눠 가진 존재이며, 인간과 동물은 불가분하게 생명그물로 연결되어 있다. 닭이 흡인한 살충제가 우리 몸에 들어온 것이 그 증거가 아닌가.

이제 내가 살기 위해서라도 동물이나 가축의 살생을 줄여야 한다. 해법은 무엇일까. 의외로 간단할 수도 있다. 무조건 덜 먹으면 된다.

다섯 손가락

너무 잘 먹고 너무 많이 먹어서 병이 나는 것은 이제 상식이다. 장수하는 사람들의 공통점은 소식이며, 조선 최장수 왕 영조의 건강 비결도 여염집 밥상처럼 소박하고 거친 식사에 있었다고 하지 않나. 나도 덜 먹고, 너도 덜 먹으면 살충제 계란이 사라지는 것은 물론이고, 언젠가는 마당에서 한가로이 모이를 쪼고 모래 목욕으로 진드기를 스스로 없애는, '알 낳는 기계'가 아닌 진정한 생명체가 낳은 '꿈의 계란'을 먹는 날이 오게 되지 않을까.

침묵한 뒤에야

나는 요즘 말을 잘 하지 못한다. 유창하고 조리 있게 못 한다는 의미가 아니다. 내 상태를 말하자면 중국 명나라 문인 진계유가 표현한 '침묵을 지킨 뒤에야 지난날의 언어가 소란스러웠음을 알았네'로 비유할수 있겠다. 정확히는 말을 못 하는 것이 아니라 안 하게 된 것이다.

혼자 살게 된 후 침묵과 고독 속에서 시나브로 말을 아낀 지가 6년째다. 마치 가진 돈이 점점 줄어들면서 꼭 필요한 것에만 쓰게 되는검약 습관이 만들어지는 것과 비슷한 과정이었다. 금전적으로 여유가 있을 때는 별생각 없이 돈을 쓰고 불필요한 것들을 사들인다는 사실을 깨닫지 못하듯이, 말할 상대나 가족이 있을 때는 평소의 언어 습관을 알기 어렵다. 돈을 펑펑 쓰듯이, 말을 펑펑 하고 있다는 것을 인식하지 못한다는 의미다. 돈을 함부로 쓰게 되면 낭비와 후회가 따라

다섯 손가락

오듯이, 수다스럽고 소란스러우면 말실수와 시간 낭비를 하게 된다.

용돈을 100만 원씩 쓰다가 절반으로 줄이거나, 평소에 밥을 두 공기씩 먹다가 한 공기로 줄이게 되면 그 허덕임과 허기짐이 오죽할까. 그러나 점차로 적응하게 되면 실은 전의 상태가 잉여였다는 것을 알게 된다. 그 나름으로 생활의 규모가 잡히고, 적은 양의 음식으로도 몸은 부족함을 느끼지 않을뿐더러 살이 내려 저절로 질병이 치유되는 경험도 한다. '욕심을 줄인 뒤에야' 이전의 잘못이 컸음을 알게 된 진계유처럼.

물론 나도 처음에는 '말고픔'에 허덕였다. '내가 이러려고 이혼했나' 하며 몸부림을 쳤다. 하지만 지금은 온종일 아무 말을 안 해도 아무렇지도 않을뿐더러 며칠간 한마디를 안 해도 그랬다는 의식조차 없다. 보통은 이 지경이면 우울증이 생긴다는데, 나는 말을 줄이니 오히려 공허감과 외로움이 잦아들고 내적 공간이 마련되어 내면세계가 여물어가는 느낌이 든다. 침묵 훈련이 되면서 시쳇말로 '멘탈 갑'이 되어가고 있다고 할까.

'말 다이어트'를 시작한 후, 침묵의 가치와 함께 '일을 줄인 뒤에야 시간을 무의미하게 보냈음을 안' 시인의 사유를 공감하게 된다. 시간을 함부로 보내는 요인 중에 쓸데없는 수다가 차지하는 비중이 매우 크다는 것을 체험했기 때문이다. 말을 적게 하니, 시간을 그만큼 의미 있게 보내게 되더라는 거다.

시 「뒤에야」를 가만히 음미해 보면 어떤 연으로 시작해도 내용이 자연스럽게 연결된다는 것을 느끼게 된다. 즉, 나는 '침묵을 지킨 뒤에야' 어떤 깨달음이 왔지만, 고요히 앉아본 뒤, 일을 줄인 뒤, 문을 닫아건 뒤, 욕심을 줄인 뒤, 정을 쏟은 뒤의 그 어떤 것 중의 하나를 택해도 내가 누구인지, 어떻게 살아야 하는지의 통찰을 얻게 된다. 또 다르게는 자신의 일상 속 깨달음을 덧붙일 수도 있을 것이다. 가령, '힘겹게 살을 뺀 뒤에야 치맥과 야식의 해로움을 알았네, 숙면을 취한 뒤에야 근심과 집착을 내려놓아야 함을 알았네' 이런 연도 가능할 것이다.

어떤 것이든 깨닫게 되면 지난날의 미숙함과 미성숙에 대한 자괴감이 따라온다. '지금 알고 있는 것을 그때도 알았더라면'하는 회한과 후회가 새로워진 마음에 조롱과 흠집을 내려고 고개를 쳐드는 것이다. 하지만 회한과 자괴감이 두려워서 성장과 성숙을 마다하고 외면할 수는 없지 않은가. 비유가 적절치는 않지만 구더기 무서워서 장 못 담글 수는 없듯이. 장이 맛있게 익으면 구더기 생각은 저절로 물러가고, 오히려 구더기가 있었기에 장맛이 더 좋아질 수 있었다며 구더기의 존재를 유의미하게 돌아보게 된다. 구더기를 재해석하게 되는 것이다.

진계유가 말하고 있는 고요, 침묵, 절제, 배려, 자비 등, 삶의 아름다운 가치를 얻는 일이 쉬울 리는 없겠지만, 그럼에도 시인은 그러한 것을 성취하고 행한 뒤에, 무지하고 무심했던 예전의 자기를 돌아보고 있다. 의지적 선택과 결단으로 자신의 내면을 명절날 칼 벼리듯

다섯 손가락

벼린 사람만이 가질 수 있는 예리함이자 동시에 담담한 관조인 것이다. 나는 '침묵'을 지켜감으로써 마음을 벼리게 되었다. 침묵을 선택한 것은 지금껏 내가 의지적으로 한 일 중에 가장 잘한 일이라고 생각한다.

「뒤에야 (然後)」

진계유(1558~1639)

고요히 앉아본 뒤에야

평상시의 마음이 경박했음을 알았네

침묵을 지킨 뒤에야

지난날의 언어가 소란스러웠음을 알았네

일을 줄인 뒤에야

시간을 무의미하게 보냈음을 알았네

문을 닫아건 뒤에야

앞서의 사귐이 지나쳤음을 알았네

욕심을 줄인 뒤에야

이전의 잘못이 많았음을 알았네

정을 쏟은 뒤에야

평소의 마음씀이 각박했음을 알았네

돌려주고 돌려받기(return and earn)

호바트를 뒤이어 시드니를 방문했다. 태즈메이니아 주를 여행한 후 한국으로 돌아오는 국제선 비행기를 시드니에서 타야 했기 때문이다. 비록 경유지이지만 오랜만에 친구들도 만날 겸 며칠 쉬는 동안 전에 보지 못했던 광경을 보게 되었다. 거리 한편에 빈 페트병이나 음료수 캔, 우유팩 등을 든 사람들이 길게 줄을 선 모습이었다. 방금 마신 음료수의 빈 병을 든 행인들, 집에서부터 검정 비닐봉지에 담아 들고 온 주민들, 자루 한 가득을 채워 차례를 기다리는 식당이나 카페 주인들로 보이는 사람들이다. 무슨 일이 벌어지나 보기 위해 나도 뒤에 서보았다.

그곳은 재활용기 자동 수거함 앞이었다. 사람들은 자기 차례가 오자 둥글게 뚫린 구멍 안으로 마치 공을 던지듯 빈 병을 가볍게 던져

넣었다. 하나를 넣을 때마다 10 센트의 돈으로 바뀌어 나온다. 우리 돈으로 환산하면 적게는 70원에서 많게는 100원 꼴. (재활용기를) 돌려주고, (돈으로) 돌려받는다 하여 수거 설비의 이름도 'return and earn'이다.

　해당 앱을 설치한 후 받은 돈을 온라인으로 적립할 수도 있고, 돌려받은 액수만큼의 상품권을 인출해서 지정 마트에서 돈으로 교환하거나 상품권 자체로 쇼핑을 할 수도 있단다. 또 한 가지 멋진 선택이 있으니 병 팔아 받은 돈을 그 자리에서 바로 자선단체에 기부를 하는 것이다. 하지만 엿으로 바꿔 주는 옵션은 없었다. 빈 병을 들고 온 어린 학생들을 보면서 문득 든 생각인데, 옛날 같으면 엿장수에게 제일 먼저 달려갔을 테니 말이다. 그런 싱거운 생각을 하는 중에도 투입구로는 쉴 새 없이 빈 병이 들어갔다.

하루에 몇 차례 수거를 하는지는 모르지만 부피가 크고 숫자도 만만찮은 재활용기를 한동안 보관해야 하니 수거함의 덩치가 클 수밖에 없겠다. 하지만 효과는 매우 높은 것 같았다. 음료수를 샀던 곳이나 마트로 빈 병을 가져오면 10센트를 돌려주는 기존의 방식이 별로 효율적이지 못했던 걸 보면 확실히 더 좋은 방법을 찾은 것 같다. 우리나라에도 각 아파트 단지나 거리에 설치하면 좋겠다는 생각이 들었다.

유난히 비가 많이 온 지난달, 서울 지하철 전 역사에서 우산을 씌우는 비닐을 제공하지 않아 역사 안이 물바다가 되었다고 한다. 충분한 예고나 대책 없이 시행하는 바람에 승객들이 큰 불편과 미끄럼 사고 위험 등 혼란을 겪었다는 것이다. 서울교통공사는 환경 보호를 위한다는 명분을 내세웠지만, 갑작스런 이 같은 결정의 진짜 속내는 사용한 우산 비닐을 뒤처리 업체들이 더 이상 가져가지 않겠다고 했기 때문이란다. 이들의 수거 거부 이유는 수지가 맞지 않는다는 것이었다.

환경보호를 위해서건, 수지타산이 맞지 않아서건 우산 비닐을 사용하지 않기로 한 것은 결과적으로 잘된 일이다. 차제에 지하철 역내뿐 아니라 대형 빌딩이나 소규모 영업장 어디서건 다른 방법을 찾을 수 있기를 바란다. 재활용 우산 비닐이나 우산의 빗물을 효율적으로 제거해 주는 방식 등이 대안이 될 수 있을 것이다. 나는 비 오는 날 외출을 할 때면 젖은 우산을 넣을 수 있는 비닐봉지를 가지고 나간다. 미처 준비하지 못한 부득이한 날은 비닐을 한 장만 사용한다. 즉, 여러 군데에서 볼일을 보더라도 첫 장소에서 뽑은 비닐을 우산 손잡이에 묶어 다니며 하루 동안 재사용하는 것이다. 누구나 그렇게 한다면 비 오는 날, 하루에 억 단위의 숫자로 소비된다는 우산 비닐을 줄여 나갈 수 있고, 사용을 금할 수 있는 대안을 찾는 동안 시간을 벌 수 있을 것이다.

이번 우산 비닐 사태나 얼마 전 크게 이슈화된(아직 해결되지 않은 것으로 안다) 재활용 쓰레기 문제 등이 수거 업자들의 비협조적 태도로 인해 공론화되었다. 덮어 두고 외면했던 문제가 드러났다는 점에서는 다행이라 여겨지지만 자연이나 환경보호를 자각한 근본적 접근이 아닌, 이해관계에서 촉발되었다는 것이 우려스럽다. 만약 지금이라도 다시 돈으로 해결이 된다면 환경 문제는 나 몰라라 할 가능성이 그만큼 높기 때문이다.

지구는 쓰레기로 중병을 앓고 있다. 방치할 단계는 이미 지났다. 지구가, 자연이 아프면 지구의 일원, 자연의 일부인 우리도 아플 수밖에 없다. 이번에 한 달 정도 호주에 머물면서 텔레비전이나 신문 등 매스컴에서 생활 쓰레기 줄이기와 재활용 문제에 대해 근본적인 대책을 논하는 것을 자주 봤다. 할 수 있는 것부터 차근차근 접근하며 실질적으로 대처하는 모습이 돋보였다. 이미 늦었지만 우리도 쓰레기 재활용 문제에 근본적으로 다가가야 할 것이다.

혼자 산다는 것은 혼자 견디는 것

•

•

•

•

•

우리 사회에 '혼'으로 시작되는 신조어가 들불 번지듯 번지면서 이제 1인 가구는 이 시대의 키워드, 트렌드로까지 자리 잡고 있다. 한 생명이 세상 속으로 들어와 경험하는 최초의 관계이자, 사회의 최소 단위인 가족이 붕괴된 황량한 빈터에 독거 노년, 독거 중년, 독거 청년들이 오도카니 단자(單子, Monad)로 서 있게 되었다. 이렇게 가다간 '독거 영아'까지 나올 판이라는 우스갯소리를 들은 적이 있다. 하나님도 사람이 독처(獨處)하는 것은 좋지 못하다 했건만 언제나 하나님을 실망시키는 인간존재답게 독신, 독처는 우리 사회의 대세가 되어가고 있는 것이다.

나는 요즘 라이너 마리아 릴케의 '주여, 때가 왔습니다.'로 시작하는 시 「가을날」 2연을 이렇게 패러디해 보곤 한다.

「가을날」

주여!

때가 왔습니다.

지난여름은 참으로 위대했습니다.

(중략)

집이 없는 사람은 이제 집을 짓지 않습니다.

지금 혼자인 사람은 오래도록 홀로 남아서

잠들지 않고, 글을 읽고, 긴 편지를 쓸 것입니다.

그리고 나뭇잎이 떨어져 뒹굴면

초조하게 가로수 길을 헤맬 것입니다.

「가을날」패러디 버전

주여!

때가 왔습니다.

지난 가정은 참으로 위대했습니다.

(중략)

가족이 없는 사람은 이제 가정을 만들지 않습니다.

지금 혼자인 사람은 오래도록 홀로 남아서

잠들지 않고, 게임을 하고, 긴 먹방을 연출할 것입니다.

그리고 돈이 떨어져 빈 술병이 뒹굴면

초조하게 골목길을 헤맬 것입니다.

　혼자 사는 사람들을 죄다 사회 부적응자로 매도하면서 조롱하며 빈 정대고 있다는 비난이 날아들 법 하지만 그냥 웃자고 해 본 소리다. 실은 나도 혼자 사는 처지이니 결국 내 얘기다.

　내가 사는 신림동 고시촌은 혼자 사는 사람들이 아예 대놓고 살 수 있는 곳이다. 혼자 사는 것이 숨길 일은 아니지만 저마다 사연이 있겠거니 할 뿐, 굳이 묻지도 궁금해 하지도 않는 동네 분위기 속에 누에고치처럼, 독방 수감자처럼 각자 작은 방에 갇혀 산다. 내 방은 맨 끝 방이기 때문에 외출 후 복도를 죽 지나 올 때면 굳게 닫힌 10여 개의 방문을 일제히 열어젖히고 '고치 속 누에들, 독방 수감자들'의 안위와 상태를 묻고 싶은 충동이 이따금 인다. 나야 묵언수행 삼아 주야장천 책이나 읽고 글이나 쓰고 있지만 나의 '동료 수인들'은 도대체 뭘 하며 어떻게 지내고 있는지 '생각의 오지랖'을 펼치는 것이다.

　SNS를 통해 그들의 일상을 엿볼 수도 있지만 그곳은 대부분 외로움에 '쩐' 사람 특유의 세상을 향한 시기심과 우울이 일렁이는 공간, 모호한 허영심과 상처 입은 자존심을 자위하는 장소이기에 실상의 삶을 알기는 어렵다.

　도스또예프스끼의 대표작 『죄와 벌』은 요즘 말로 하자면 '혼밥, 혼술족' 독거 청년이 저지른 범죄심리소설이다. '멋진 검은 눈동자에 짙은 아마빛 머리털을 가진 미남, 약간 큰 키에 균형이 잘 잡힌 몸매를 지닌 22세의 지적인 법학도' 라스꼴리니꼬프는 관 속처럼 작고 누추한 방에서 오랫동안 혼자 지내면서 자신도 모르게 마음에 곰팡이를 피워올리고 그런 음습한 심리상태에서 추악하고 저열한 살인을 저지르게 된다.

그는 본래 겁이 많고 소심한 사람은 아니었다. 아니, 그의 성격은 오히려 정반대였다. 하지만 그는 언제부터인가 긴장과 초조 상태에 있는 우울증 환자처럼, 자기 혼자만의 세계에 빠져서 어느 누구도 만나기를 꺼릴 정도로 사람들로부터 고립되어 있었다. 그는 가난에 찌들어 있었지만, 최근에 들어서는 그런 절박한 사정에 대해 괴로워하지 않게 되었다. 그는 일상생활에 전혀 신경을 쓰지 않게 되었고, 또 쓰고 싶어 하지도 않았다.

(중략)

아무 일도 하지 못하니까 지껄이기만 하는 거다. 이렇게 지껄이는 버릇이 생긴 것은 최근 한 달 동안 방구석에 처박혀 누워, 있을 수도 없는 일에 대해서만 생각했기 때문이다. 정말 난 그 일을 할 수 있을까? 진정 그 일은 진지한 것일까? 전혀 진지한 일이 아니다. 이건 망상으로 자신을 위로하고 있는 것에 불과하다. 장난에 지나지 않는다! 그래, 장난이다! 그는 자신의 생각이 뒤죽박죽이 되고 있으며, 몸도 쇠약해져 있다는 사실을 깨달았다.

－『죄와 벌』, 열린책들

고립된 방, 고립된 처지, 고립된 정신세계가 끔찍한 살인계획을 스스로 정당화하도록 만드는 소설적 허구를 현실에 빗대는 것은 물론 지나친 비약이다. 독거인들을 마치 잠재적 범죄자 취급을 하는 것 같아 내가 말해놓고도 불쾌하고 황당하다.

하지만 혼자의 삶이 사람의 정서와 감정을 얼마나 피폐시키며 지치고 황량하게 하는지, 모래사막처럼 메마르고 거친 바람이 가슴을 얼마나 쓰라리게 훑고 지나가는지는 경험해본 사람만이 안다. '혼자 산다'는 말은 '혼자 견딘다'는 말과 동의어가 아닐까.

사랑한다면 옷을 벗겨라!

●

●

●

●

●

"A dog is the only thing on earth that loves you more than he loves himself. 개는 지구상에서 자기 자신보다 더 당신을 사랑하는 유일한 존재" "All you need is love… and a dog. 당신의 필요는 오직 사랑, 그리고 애완견"

호주 태즈메이니아 주도 호바트 도심의 한 동물병원에서 본 개에 관한 두 가지 '명언'이다. 그럼 이런 생각은 어떤가. 정신과 전문의 M. 스캇 펙(1936~2005)의 대표 저서 『아직도 가야할 길 The Road Less Traveled』(열음사 간행)을 인용해 보자.

"'사랑'이라는 말을 너무 일상적으로 사용한 나머지 그 특별한 의미를 잃어버려 사랑에 대한 우리의 이해를 어렵게 하고 있다. 우리에게 중요한 것이나 애착하는 것들의 질적인 차이를 무시하고 모두 '사랑'이라는 말 한마디로 남용하게 된다면, 현명함과 우둔함, 선과 악, 귀한 것과 천한 것의 차이를 구분하는 것이 어려울 것이다. 엄밀히 말해 우리는 인간만을 '사랑'할 수 있다. 왜냐하면 인간만이 근본적 성장을 할 수 있는 정신을 소유하고 있기 때문이다.

애완동물에 대해 생각해 보자. 우리는 집안의 개를 '사랑'한다. 우리는 개를 먹이고 목욕시키고 만져주고 안아 주며 훈련하고 또 개와 같이 놀기도 한다. 개가 아프면 우리는 하던 일을 다 그만두고 부리나케 수의사에게로 달려간다. 개가 도망가거나 죽으면 우리는 슬픔에 젖는다. 아이들 없이 살아가는 사람들에게는 애완동물이 그들의 유일한 존재 이유가 되기도 한다. 이런 것이 사랑이 아니면 무엇이겠는가? 그러면 여기서 애완동물과 인간관계의 차이를 고찰해 보자.

첫째로 우리가 애완동물과 뜻을 통하는 정도는 인간들과 통할 수 있는 것보다 지극히 제한되어 있다. 우리는 애완동물이 무엇을 생각하고 있는지 알 길이 없다. 이러한 이해의 결핍이 애완동물에게 우리 자신의 생각과 느낌을 투입하면서 전혀 현실과 상통하지 않을지도 모르는 감정적인 친근감을 느낀다.

둘째로 우리는 애완동물의 의지가 우리의 뜻과 합치될 때에 한해서만 만족을 느낀다. 이러한 기준을 가지고 애완동물을 선택하며 만약 그들의 의지가 우리 자신의 뜻과 달라지기 시작할 때에는 그들을 제거해 버린다. 애완동물이 반항하거나 대들면 우리는 이들을 오랫동안 돌보지 않고 내버릴 수도 있다. 우리가 애완동물들의 마음이나 정신의 발달을 위해서 보내는 유일한 학교는 '복종학교'이다. 그러나 사람에 대해서는 어떠한가. 우리는 그가 '자신의 의지'를 발전시킬 것을 소망한다. 참으로 다른 사람이 자기와 다르기를 바라는 것은 순수한 사랑의 특성 중 하나다.

끝으로 우리는 애완동물과의 관계에서 자신의 의존성을 기른다. 우리는 그들이 자라나서 집을 떠나기를 원하지 않는다. 우리는 그들이 언제까지나 자기 자리에서 떠나지 말고 난롯가에 믿음직하게 누워 있기를 바란다. 우리가 애완동물을 귀중하게 여기는 것은, 그들이 우리에게서 독립된 개체가 아니라 종속되어 있기 때문이다. 많은 사람이 애완동물을 '사랑'하는 이유는, 그들이 단지 애완동물만을 '사랑'할 줄 알고 다른 인간을 순수하게 사랑할 줄 모르기 때문이다."

스캇 펙은 애완동물에 대한 자신의 생각이 잘못된 것일지도 모른다는 주를 달았다. 즉, 모든 사물들, 동물이나 무생물도 '정신'을 소유하고 있을지도 모른다는 것을 부정하지는 않지만 이 책에서는 자신이 생각하는 사랑의 특정 단계를 논하고 싶었다는 전제를 밝혔다.

그러나 현실은 어떤가. 한마디로 '스캇 펙은 짖어라'는 식이다. 개들은 이제 애완견의 위치로도 부족해서 '반려견'의 지위에까지 올랐다. 집안의 '반려자'를 밀어내고 당당히 그 자리를 차지하는가 하면 아예 처음부터 '연애나 결혼 대신 반려견'을 택하는 현상도 더 이상

기이하지 않다. 요즘은 고양이까지 가세해서 반려묘의 증가세가 반려견의 그것을 바싹 추격하고 있다. 인간은 관계맺음 속에서 살아가는 '관계의 동물'이기에 같은 포유류끼리 몸을 비비고 마음과 정을 나누고 싶은 욕구를 포기하지 못한다. 그 결과 이런 기현상이 나타나고 있는 것이다.

친밀감과 애정을 나눌 대상으로서 개나 고양이는 때로는 사람 이상일 수 있다. 특히 개는 사람과의 교감을 통해 높은 차원의 행동을 한다. 자신을 희생하여 주인의 목숨을 살린 이야기는 새로울 것도 없고, 주인이 죽은 줄도 모르고 매일 같은 시간, 9년을 기차역에서 기다렸던 일본의 충견 하치는 전설적 존재가 되었다. 어쩌면 그 또한 자발적 의지가 아닌 반복 훈련된 복종 행위일지도 모르지만.

아무튼 '누가 뭐라든 나는 개를 사랑한다'고 끝내 주장하고 싶다면, 제발 개를 개답게, 본성에 맞게 키우시라!

사랑이란 존중에서 출발한다. 존중이란 존재를 그 자체로, 본성대로 인정하는 것이다. 개란 존재는 옷을 입도록 만들어진 존재가 아니다. 개를 개답게 키우는 것은 사랑이고, 그 반대는 학대다. 한여름에도 옷을 껴입히고 신발을 신기고 털을 염색하고 땋아 내려 기괴한 사람 형상을 만들어 놓고 깔깔대는 것은 나의 악취미는 될지언정 결단코 사랑은 아니다. 그도 모자라 이제는 고양이를 괴롭히기 시작했다. 전에도 나는 "애완견의 나체를 허하라"는 글을 통해 말했다. 사랑한다면 개 고양이의 옷을 벗겨라. 옷부터 벗겨라. 그 전엔 보신탕 애호가를 욕하거나 말리지 마라.

치렁치렁한 드레스와 네 발을 옥죄는 '거지발싸개'로 인해 엉거주춤한 자세로 슬프고 무기력한 눈동자를 굴리는 개들을 볼 때마다 나는 주인에게 분노한다. 등에 맨 '유치원 가방' 무게로 어기적대다 쓰러지는 개를 봤을 땐 주인을 응징하고 싶었다. 하나의 생명체로서 또 다른 생명체를 노리개 삼고 조롱하고 구속하고 고문하고 학대할 권리는 우리에게 없기에.

만약 내가 개라면 이렇게 '개만도 못한' 대접을 받으며 목숨을 부지하느니 차라리 '개죽음'을 택해 한 그릇의 보신탕이 되리! 복날이 가까워 오는 때가 실행에 옮길 절호의 기회이리!

네 목소리가 들려, 그래서 짜증나!

-
-
-
-
-

　이번에는 3년 전 호주에 갔을 때 이야기다. 어리둥절할 정도로 변화가 잦은 한국과 달리, 아이들의 아이들이 커서 가도 동네 구멍가게조차 그 자리에 있는 곳이 호주이다. 하지만 이번 방문에서는 물질이나 외형적 탈바꿈보다 인간 내면을 돌보는 섬세하고 배려 깊은 변화가 눈에 띄었다. 그 가운데 두 가지만 이야기해 보겠다.

　우리의 지하철처럼 수도권을 연결하는 시드니의 열차는 맨 앞뒤 칸과 가운데 칸을 '콰이어트 캐리지(quiet carriage)'로 지정하고 있었다. 이 칸의 승객들은 휴대폰 사용과 음악 듣기, 동행과 대화 나누기 등을 제한받게 된다. 휴대폰 신호음은 묵음으로 하되 급하게 통화를 해야 한다면 일반 칸인 옆 칸으로 옮겨 가야 하며, 이어폰에서 새어 나오는 소리도 꽁꽁 단속하여 다른 승객들을 방해해서는 안 된다. 동행

과의 대화는 최소한으로, 목소리는 최대한 낮춰야 하는데 만약 가는 동안 일행과 담소할 생각이라면 이 칸에 타서는 안 되는 것이다.

꼭 그렇게까지 하지 않아도 호주는 원래 조용한 나라인데 일상의 소리조차도 시끄럽게 느껴졌던가 보다. 나는 혼자 다닌 데다 음악도 듣지 않았지만 얼결에 그 칸에 탔다가 황급히 전화기를 '죽이느라' 허둥대야했다. 모든 소리를 자제해 달라는 안내 방송이 오히려 방해가 될 정도로 모두들 묵언 명상을 하는 듯 고요하기 그지없는 것이, 속되게 말해서 '이동 절간' 같았다.

두 번째 이야기는 버스 옆구리의 인상적인 광고판에 관한 것이다. '기름 값도 비싸고 주차할 곳 찾기도 어려우니 자가용 승용차보다 버스를 타는 것이 유용하다'는 평범한 문구 위에 부착된, '버스를 이용

하면 읽고 싶은 책을 읽을 수 있다'는 내용이 감동적으로 와 닿았다. 그러한 문안과 함께 신문을 펼쳐든 젊은 여성의 이미지를 넣어 대중 교통의 이점을 상징적으로 부각시킨 홍보물이 그 나라 정신문화의 한 단면을 엿보게 하는 단초인 듯 했다. 지하철이나 버스 등 한국의 여 하한 대중교통수단 광고판에서는 찾아볼 수 없는 내용이기에 더욱 좋 은 인상을 받았다.

실제로 호주의 지하철이나 버스에서는 휴대 전화기 대신 책이나 신 문을 읽는 사람들이 적지 않다. 공항 대합실이나 시내버스 정류장, 식당, 카페 등에서 책 읽기에 푹 빠져있던 백발의 노인, 허름한 차림 의 중년 남자, 피자 조각을 씹으면서도 책에서 눈을 떼지 않던 골똘 한 표정의 청년을 잊을 수 없다. 아름드리나무가 떨구어낸 수북한 낙 엽에 발을 묻고 벤치에 나란히 앉아 양손으로 떠받치듯 하고 책을 읽 던 두 소녀는 그대로 액자 속 그림이었다. 세계적 관광지인 만큼 설

다섯 손가락

새 없이 운전을 해야 하는 관광 승합차 기사도 여행객들이 유적지나 관광지를 둘러보는 동안 차 안이나 근처 공원에서 책을 읽으며 시간을 보낸다.

인문(人文)이란 '인간의 무늬'를 의미하는 말이기도 하다. 인간이 지나간 궤적, 행로, 패턴, 무늬를 따라 가는 것이 곧 인문적 삶이자 통찰적 삶의 방식인 것이다. 외양이 아닌 내면을 깊게 하고 정신적, 정서적, 영적 성장을 꾀하는 일, 말하자면 사람답게 사는 것을 일러 인문적으로 사는 것이라 하겠다. 그런 의미에서 감각을 지속적으로, 강하게 자극하는 것은 사람답게 사는 것에 방해가 될뿐더러 삶을 위태롭게 한다. 감각이 자극되면 즉물적이 되고, 즉물적인 상황이 반복되면 자극에 대한 반응만 있을 뿐, 사유나 사고가 제 기능을 할 수 없게 된다. 인간이 한 덩어리의 물질로 인식되어 그것이 극에 달하면 살인조차 서슴지 않게 되듯이.

오감 가운데 소리에 대한 감각은 보이는 것에 대한 그것보다 더 민감하고 통제가 어렵다는 점에서 호주에서는 열차 안 소음을 제한하고, 내면세계로 마음을 모을 수 있는 방법으로 책 읽기를 권하는 것 같다. 말하자면 국민들의 인문적 삶을 귀하게 여기는 시스템이자 발상인 것이다.

귀로 들리는 소리가 멈추게 되면 그때부터는 마음으로 듣게 된다고 한다. 내면에 주파수를 맞추게 되는 것이다. 귀를 닫고 머리와 마음으로 소리를 듣는 것을 '지음(知音)'이라고 하는데, 말 그대로 그래야만 진정 소리를 알아들을 수 있기 때문이다. 지음은 '마음이 통하는 진정한 벗'을 가리키는 말이기도 해서 춘추시대 거문고의 귀재 백아와 친구 종자기가 바로 그런 사이였다고 한다. 백아는 자기 연주를 마음으로 들을 줄 아는, 나아가 자기 마음을 들을 줄 아는 종자기가 죽자 거문고 줄을 끊고 다시는 연주하지 않았다고 할 정도니.

우리는 지나치게 '귀의 소리'에 노출되어 있다. 내면의 성장을 초장부터 훼방 놓는다는 점에서 소음은 고약한 폭력이다. 모바일 폰 가게를 비롯해서 옷 가게, 식당, 심지어 정육점 앞에서도 빠른 박자의 요란한 기계음이 짜증을 불러일으키는 것이 우리나라다. 행인의 발걸음을 붙잡으려는 원래 의도를 읽기는 고사하고 빨리 그 자리를 벗어나고만 싶어질 지경이다. 세상의 소음을 멀리하면 하늘의 소리를 들을 수 있다고 성인들은 말하지만 우리에게는 너무나 요원한 일인 것 같다.

다섯 손가락

내가 만난 여인들

· 양승국 ·

나는 2003년경부터 새로운 곳을 방문할 때면 될 수 있는 한 글이나 사진으로 기록을 남겨두려고 하고 있다. 지나가버리면 그냥 시간 속에 흩어져버리는 추억을 붙잡아두고픈 것이다. 이렇게 하여 하나, 둘씩 써내려 간 글이 제법 많이 쌓였다. 그중에서 여인에 관한 글 8편을 골라 여기에 싣는다. 한 편은 명나라 석성의 아내에 대한 글이고, 나머지는 조선조 여인들에 대한 글이다. 과거의 여인들을 만나기 위해 주로 그녀들의 무덤을 찾으면서 새삼 그녀들의 슬픔과 한이 내 마음을 적셨다. 허난설헌은 이렇게 말했다. "나에게는 세 가지 한(恨)이 있다. 여자로 태어난 한, 조선에 태어난 한, 김성립의 아내가 된 한!" 이제 다시금 여인들의 무덤을 찾아 책을 올리고 소주 한 잔 나누고 싶다.

photo by 구성수

허난설헌의 풀지 못한 세 가지 한(恨)

●

●

●

●

●

서울에서 중부고속도로를 타고 내려가다 중부 제3터널을 통과하면 고속도로는 곧바로 경안천에 다리를 적신다. 그러면 바로 오른쪽으로 높이 140m의 야산이 바짝 다가서 있고, 고속도로는 이 야산의 발등을 타고 지나간다. 바로 이 야산 자락에 비운의 여류시인 허난설헌이 잠들어 있다. 난설헌(1563-1589)의 무덤에서 고속도로까지 직선거리로 불과 100여 미터! 하루에도 수많은 사람들이 '쌔~앵~' 하며 난설헌의 옆을 지나가지만, 과연 그 많은 사람들 중에 자신이 그녀의 옆을 지나가고 있다는 사실을 알고 있는 사람은 얼마나 될까?

중부고속도로를 사이에 두고 무갑산이 난설헌의 묘를 내려다보고 있다. 태양이 뜨겁게 대지를 달구는 8월의 어느 날 난설헌의 묘를 찾았다. 고속도로 밑의 토끼굴을 지나 난설헌에게 다가가니 먼저 송덕

비가 눈에 띈다. 중부고속도로를 건설할 때 난설헌의 남편 김성립의 안동 김씨 문중에서 흔쾌히 땅을 내놓은 것을 기리며, 2000년 1월에 시행자인 한국도로공사와 건설사인 쌍룡건설이 세운 것이다.

묘역으로 다가가는데, 난설헌 무덤 왼쪽으로 아기 때 죽은 그녀의 두 자녀 무덤이 먼저 눈에 들어온다. 아기 무덤이라 봉분은 작게 솟아있고, 남매가 외롭지 말라고 서로 어깨를 부비고 있다. 아기 묘 앞에는 난설헌의 오빠 허봉이 어린 조카들의 죽음을 애통해하며 쓴 한문 글을 번역문과 함께 새긴 묘비가 있다. "피어보지도 못하고 진 희윤아! 희윤의 아버지 성립은 나의 매부요, 할아버지 담이 나의 벗이로다. 눈물을 흘리면서 쓰는 비문, 맑고 맑은 얼굴에 반짝이던 그 눈! 만고의 슬픔을 이 한 곡(哭)에 부치노라." 여동생의 슬픔을 그대로 자기의 슬픔으로 느끼는 허봉! 그 허봉의 아픔이 그대로 나에게 전해지는 듯하다. 그런데 아들 희윤의 이름만 있는 것으로 보아서, 난설헌의 딸은 채 이름도 짓기 전에 죽은 것일까?

난설헌의 무덤으로 다가간다. 무덤 옆에는 그녀를 기리는 시비가 세워져 있다. 그런데 난설헌의 무덤 앞 상석에는 꽃다발 한 묶음이 소주병과 소주를 담은 잔 하나와 함께 올려져 있다. 그리고 두 여인이 그 앞에서 절을 한다. 한 사람은 아직 앳된 티를 벗지 못한 여학생이고, 또 한 명은 중년여인이다. 모녀지간이란다. 허난설헌을 열렬히 추종하는 문학소녀와 그녀의 어머니가 매년 난설헌을 찾아와 이렇게 꽃을 바치고 술잔을 올리고 있단다. 오호, 난설헌의 문학세계를

| 허난설헌 묘에 참배하는 작가 지망생 모녀 |

닮고자 이렇게 열성적으로 찾아오는 모녀가 있었다니! 난설헌을 찾
아왔다가 생각지도 않게 이런 아름다운 모습을 만나는구나.

　나 또한 난설헌의 무덤 앞에서 잠시 목례를 올린다. 난설헌(蘭雪
軒)! 비록 아름다운 당호이기는 하나, 나는 그녀의 이름 그대로 부르
고 싶다. 초희(楚姬)! 나 또한 당신이 그리워 이렇게 찾아왔소. "나에
게는 세 가지 한(恨)이 있다. 여자로 태어난 한, 조선에 태어난 한,
김성립의 아내가 된 한!" 이렇게 절규했던 당신! 오로지 주자학만 부
르짖으며 여성을 억압했던 조선에서, 특히 자신보다 뛰어난 아내를
질투하고 박해했던 남편 김성립과, 같은 여자이면서도 남다른 재능
을 가진 며느리를 못마땅해했던 시어머니 송씨 밑에서 초희, 당신은
얼마나 외로웠소!

　초희의 한을 생각하다 보니, 가슴 한편이 아릿하다. 아! 나도 소

주 한 잔 받쳐 올리는 건데…. 이렇게 세 가지 한에 가슴이 멍들어가던 초희는 두 아이를 잃자, 27살의 젊은 나이에 그나마 시를 통하여 간신히 붙잡고 있던 이 세상에 대한 끈을 놓아버린다. 그녀의 슬픔과 한이 결국 그녀의 생명을 앗아간 것이다. 시비에는 아이를 잃고 통곡하며 쓴 곡자(哭子)라는 시가 새겨져 있다.

去年喪愛女(거년상애녀)

지난해에 귀여운 딸애 여의고

今年喪愛子(금년상애자)

올해는 사랑스러운 아들을 잃었도다

哀哀廣陵土(애애광릉토)

아! 서럽고도 서러워라. 광릉땅이여

雙墳相對起(쌍분상대기)

두 아이 무덤 나란히 앞에 있구나

蕭蕭白楊風(소소백양풍)

사시나무 가지엔 쓸쓸한 바람만 불고

(중략)

縱有腹中孩(종유복중해)

아무리 태중에 아해를 가졌다한들

安可冀長成(안가기장성)

어찌 잘 자라기를 바라겠는가

浪吟黃臺詞(랑음황대사)

부질없이 황대사 읊조리면서

血泣悲呑聲(혈읍비탄성)

애끓는 피눈물에 목이 메인다

어떤가? 시에서 초희의 슬픔이 그대로 배어나오지 않는가? 그런데 태중에 아해를 가졌다 하니, 초희는 이 시를 쓸 때 뱃속에 또 다른 아이를 잉태하고 있었던가 보다. 그러나 그 아이는 결국 세상의 빛을 보지 못하고 엄마와 함께 언니들을 보러 저 세상으로 도로 간 것이고…. 그런 상념으로 인해 가슴 한편의 아릿함이 차츰차츰 가슴 전체로 퍼져 나가는 것 같다. 그런데 사실 초희의 시가 원래부터 이렇게 어두웠던 것은 아니다. 초희가 처녀 때 쓴 그네뛰기 시를 보자.

이웃집 친구들과 그네뛰기 시합을 했어요

띠를 매고 수건 두르니 마치 선녀가 된 것 같았어요

바람을 차며 오색 그넷줄 하늘로 날아오르자

댕그랑 노리개 소리 울리고 푸른 버드나무엔 아지랑이 피어났어요

소녀의 풋풋한 감성이 그네와 함께 날아오르지 않는가? 초희의 이런 상큼한 녹색의 시 세계가 결혼과 함께 회색빛으로 변해간 것이 안타깝기만 하다. 그리고 27년이라는 너무나 짧은 시간 속에 시를 통한

감성을 마음껏 펼쳐보지도 못하고 먼저 간 아이들을 따라가다니…. 초희를 생각할 때마다 편협한 조선의 양반사회에 화가 나기도 한다. 조선 초까지만 하더라도 여자가 남자와 동등하게 유산 상속을 받을 수 있고, 시집살이가 아닌 처가살이가 더 많기도 했었지만, 조선은 점차 여성을 억압하기 시작했다. 그러면서 말도 안 되는 삼종지도, 칠거지악을 여성들에게 강요하면서, 자신들은 공공연하게 첩을 두고 기생들과 희희낙락했다. 열녀라는 것도 그렇다. 문중의 남자들은 남편을 먼저 보낸 미망인에게 수절을 강요하고 은근히 남편 따라 죽기를 강요했다. 그러다가 문중 어른들의 눈총을 못 이겨 급기야 자살을 하면 문중을 빛내는 큰일을 했다며 열녀문을 세워준다. 사실 '미망인(未亡人)'이라는 단어 자체가 남편은 죽었는데, 아내는 아직 죽지 못했다는 남자들의 편협하고 폭력적 시선이 투영된 단어가 아닌가?

그런데 사실 그녀의 동생 허균이 아니었으면 그나마 우리가 누릴 수 있는 초희 시는 영영 햇빛을 보지 못할 뻔했다. 초희는 숨을 거두면서 자신의 시를 모두 불태워버리라고 하였던 것이다. 그러나 차마 누나의 시를 그대로 어둠 속에 묻혀버리게 할 수가 없었던 허균이 본가에 남아있던 시와 자신이 머릿속으로 기억하고 있던 시를 살려낸 것이다. 허균 덕에 초희의 시는 압록강을 건너 중국 사대부들의 가슴에도 울림을 주었고, 또 오늘날에도 이렇게 초희를 찾아오는 후손들의 발길이 이어지게 하고 있는 것이다.

계단을 하나 더 오르니 그 위의 묘역에는 초희의 남편 김성립이 후

처 송씨와 함께 누워있다. 초희와 사이가 좋지 않았던 김성립은 결국 죽어서도 초희를 자기 발치에 두고 자신은 후처와 함께 누워있는 것인가? 사실 이들의 무덤은 원래 여기서 500m 정도 떨어진 곳에 있었는데, 고속도로가 생기면서 이곳으로 옮겨온 것이다. 초희의 명성을 익히 아는 김성립의 후손들은 무덤을 옮기면서 초희를 김성립의 옆에 함께 이장하는 것에 대해서 논의를 했었다고 한다. 그러나 설왕설래 끝에 원래의 자리 그대로 이장하였다.

　김성립의 무덤을 바라본다. 아무래도 김성립을 바라보는 나의 시선이 곱지는 않다. 그래! 그게 당신의 한계였고, 조선의 한계였겠지. 돌아서는 나의 눈 아래로 이곳에는 눈길을 돌릴 새가 없이 바쁘다는 듯이 차들이 고속도로를 쌩쌩 달려 나가고 있다. 초희 무덤 옆을 스쳐 아래 계단으로 걸음을 옮긴다. 아무래도 쉽게 발길이 떼어지지 않는다. 죽어서도 남편 옆에 있을 수 없는 초희를 후손들은 그나마 조용히 쉬지도 못하게 하고 있으니…. 그대 초희여! 하늘나라에선 사랑하는 아이들과 잘 지내고 있겠지요? 그곳에서 곡자 같은 시는 접어두고, 사랑스러운 아이들을 위한 따뜻한 시의 세계를 펼치고 있다고 믿으오. 다시 한 번 조용히 초희에게 눈인사를 하며 초희가 잠든 곳을 느릿느릿 떠나온다

김부용, 시심(詩心)이 메운 연인과의 58세 차

蓮花蓮葉覆紅欄(연화연엽복홍란)

연꽃잎은 붉은 난간 뒤엎고

綺閣依然泛木蘭(기각의연범목란)

단청 좋은 정자에 놀잇배 떠있네

潑潑游魚偏戲劇(발발유어편희극)

펄펄 뛰는 고기는 연못이 놀이마당

有時跳上錄荷盤(유시도상녹하반)

때때로 연잎 위로 솟구친다네

　천안 광덕산을 오르다가 발견한 시비(詩碑)에 적힌 시의 앞부분이
다. 19세기 전반의 여류시인 운초(雲楚) 김부용(1813-?)의 시다. 시

| 김부용의 묘 |

비를 지나 좀 더 오르다보면 운초의 무덤도 볼 수 있다. 평안북도 성천 기생의 무덤이 왜 광덕산에 있을까? 지금부터 그 궁금증을 풀어보자.

운초는 원래 양반집 딸로 태어났으나 어려서 부모를 잃고 퇴기의 수양딸로 들어간다. 퇴기가 괜히 수양딸을 받겠는가? 퇴기는 운초가 방년의 나이가 되자 운초를 성천 기적에 올린다. 운초는 금방 뭇 사내들의 뜨거운 눈길을 받는 기생이 된다. 단순히 용모가 아름답다고 하여 사내들이 찾고 싶은 기생이었던 것은 아니고, 운초의 매력은 가무음률은 물론 뛰어난 그녀의 시문에 있었다.

어느 해에 유관준이 신관사또로 성천에 온다. 유관준은 운초라는 명기를 자신의 품안에 둘 수도 있었으나, 자신의 스승인 평양감사 김이양에게 보낸다. 이미 운초의 명성이 성천 고을을 넘어섰기에, 김이양은 제자가 성천 사또로 간다고 하자, 운초를 잘 돌보아주라고 하였다나? 일개 기생을 알아주는 평양감사에 운초는 어찌 감격하지 않을손가? 김이양 또한 운초의 시의 향기를 직접 눈앞에서 맡으니 운초가 그렇게 예뻐 보이지 않을 수 없었을 것이다. 그런데 이들이 만났을 때 김이양은 77세, 운초는 19세! 운초는 김이양에게는 손녀도 한참 손녀뻘 아닌가? 아니 조선의 조혼 풍습으로 보았을 땐 증손녀뻘이라고 할 수도 있겠다. 그러나 사랑에는 국경도, 나이도 없다고 하였던가? 처음에는 할아버지처럼, 손녀처럼 서로를 사랑스럽게 쓰다듬어주며 시의 세계에서 교유하던 두 사람은 결국 한 이불 속으로 들어간다. 조선시대에 77세면 살아있어도 이미 관 근처에서 서성거릴 나이인데, 김이양은 그때까지도 꽃다운 나이의 여자와 사랑을 나눌 정력이 있었던 모양이다.

그런데 언제까지나 김이양이 평양 감사로 있을 수는 없는 법. 임기를 마치고 한양으로 돌아가는 김이양은 운초를 기적에서 빼주고 곧 사람을 보내 데려가겠다고 한다. 그러나 한 달이 지나고 두 달이 지나고 속절없이 시간은 흘러가는데도 한양에서는 소식이 오지 않는다. 이때 운초가 김이양을 그리며 쓴 시가 그 유명한 '부용상사곡'이라는 보탑시(寶塔詩)이다. 시를 탑을 쌓듯이 2행마다 한 글자씩 늘려가며 총 36행의 문자탑을 쌓았기에 보탑시라고 하는 것이다.

別(별)

思(사)

路遠(로원)

信遲(신지)

念在彼(염재피)

身留玆(신류자)

紗巾有淚(사건유루)

雁書無期(안서무기)

香閣鍾鳴夜(향각종명야)

鍊亭月上時(연정월상시)

依孤枕驚殘夢(의고침경잔몽)

望歸雲悵遠離(망귀운창원리)

이런 식으로 시의 탑을 쌓아나가, 마지막 35, 36행이 되면 18글자가 되는 문자탑이다. "이별하니 더욱 생각나는데, 길은 멀고 소식은 왜 이리 더딘지요. 몸은 여기에 있지만, 생각은 그대에게 달려갑니다. 비단수건은 눈물로 마를 새 없건만, 그대로부터의 편지는 기약이 없고…. 향각에서 종소리가 들려오는 이 밤, 연광정 위로 달도 떠오르는 시각. 외로운 베개에 의지하다 잠시 꿈에도 놀라 깨어, 돌아가는 구름을 바라보자니 멀리 떨어져 있는 것이 이렇게 슬플 수가 없습니다." 내 나름대로 의역을 해보았다. 의역을 하다 보니 나 또한 운초의 처절한 슬픔에 움칫하는 것 같다.

운초의 보탑시를 보았음인가? 이윽고 한양에서 운초를 데려갈 사람이 온다. 한양으로 올라온 운초는 김이양이 마련해놓은 남산 기슭의 초당에 자리를 잡는다. 운초의 시적 재능은 한양에서도 금방 사람들의 입에 회자되고, 시인묵객들은 운초를 초당마마로 부르며, 운초의 초당으로 찾아온다. 그런데 현세에서 김이양과 운초가 행복한 꿈에 젖을 시간은 그리 길지 않다. 사랑하는 님이 자꾸 나이를 먹어가는 것이 안타까웠던 운초는 김이양이 85살이 되었을 때는 이런 시도 지었다.

> 나그네 청춘의 날은 아직도 멀고먼데
> 주인의 백발은 실처럼 어지러이 날리는구나

사람이란 엄연한 시간의 장벽을 넘어설 수는 없는 법. 91세에 세상을 떠난 김이양은 천안 광덕산에서 영원의 잠에 든다. 김이양이 이세상을 떠났어도, 운초는 아직 33세의 무르익은 몸. 그러나 사랑하는 님을 저 세상으로 떠나보낸 운초에겐 이승의 삶은 이젠 시들해졌음인가? 운초가 언제 이승을 떠났는지는 정확하지 않지만, 그녀는 원래의 수명을 다 채우지 못하고 일찍 김이양을 만나러 떠난다. 그리고 김이양을 찾아 이곳 광덕산 자락에서 영원의 안식처로 든다.

운초의 무덤 앞에 섰다. 생각 같아서는 잔을 올리고 싶으나, 아쉽게도 준비해온 것이 없다. 그런데 먼저 이곳으로 찾아든 김이양의 무덤은 어디에 있을까? 비록 운초가 김이양을 따라 광덕산을 찾아왔지만, 지체 높은 대감의 자제들이 운초가 김이양 옆에 묻히는 것을 허락하지 않았으리라. 이제 170여 년의 세월을 훌쩍 뛰어넘은 지금, 운초를 사랑하는 후손들은 운초를 찾아 광덕산을 오르고, 또한 운초를 추모하는 문학제도 열고 있지만, 김이양이 광덕산 어디에 있는지에는 관심도 없다. 권좌는 쉽게 잊히지만 문학은 세월의 흐름 속에도 계속하여 세인을 찾아오는 것, 그것이 예술과 문학의 힘이리라. 이제 나는 운초의 무덤에서 발길을 돌려 광덕산 정상으로 향한다. 가다가 다시금 고개를 돌리는 나에게, 운초는 부용꽃 같은 미소를 띠우면서 손을 흔든다. 그 향기로운 환영을 가슴 속에 고이 접어 넣으며, 나는 자세를 바로 잡고 광덕산 위로, 위로 오른다.

얼굴 망가뜨려 고죽과의 사랑 완성한 홍랑

묏버들 가려 꺾어 보내노라 님의 손에

자시는 창 밖에 심어 두고 보소서

밤비에 새 잎 곳 나거든 날인가도 여기소서

16세기 함경도 홍원 기생 홍랑이 사랑하는 연인 고죽 최경창을 떠나보낸 후 애절한 마음을 담아 쓴 시이다. 고등학교 국어 시간에 처음 이 시를 배운 후, 홍랑의 고죽에 대한 애절한 사랑에 감동을 받았었다. 그러다 고죽의 자손들이 홍랑의 무덤을 고죽의 옆에 같이 모셔 두고, 지금까지 예를 갖춰 돌보고 있다는 얘기를 듣고 최근에야 두 연인의 무덤을 찾았다. 무덤을 찾기 전에 두 연인의 사랑 이야기부터 해보자.

홍랑은 어린 나이에 어머니가 돌아가시자 홍원 기생이 된다. '홍랑'
이란 요즘 식으로 말하면 '미스 홍'인 셈이니, 홍랑의 실제 이름은 알
수 없다. 그리고 최경창(1539-1583)은 당시풍(唐詩風)의 시를 잘 써,
백광훈, 이달과 함께 삼당시인으로 불렸다. 1573년 고죽은 북해평
사로 발령이 나 여진족과의 접경지역인 경성으로 부임하던 중, 홍원
에서 하룻밤을 머문다. 이때 고죽의 친구인 홍원부사가 멀리 전방으
로 떠나는 그를 위해 송별 자리를 마련한다. 바로 이 자리에서 고죽
과 홍랑의 운명적 만남이 이루어지는 것이니, 홍랑은 고죽 앞에서 거
문고를 뜯으며 자신이 평소 애송하던 고죽의 시를 낭송한다. 이를 들
으며 빙긋이 웃는 홍원부사. "여보게! 홍랑! 지금 자네가 읊고 있는
시를 지은 시인이 지금 바로 자네 앞에 앉아 있다네!" 홍랑은 평소 사
모하던 시인이 지금 자신의 눈앞에 앉아 있다고 하니, 도무지 믿기지
않았을 터. 그러나 곧 자신의 바로 앞에 앉은 양반이 고죽임을 확인
한 홍랑, 그리고 홍랑의 미모와 재주, 특히 자기 시를 애송하는 것에
반한 고죽. 두 남녀가 서로를 바라보는 눈길은 단순한 호감에서 뜨거
운 정염으로 변한다.

　밤 새워 시를 논하고, 육체의 문도 열었을 고죽과 홍랑, 그러나 날
이 밝자 고죽은 예정대로 가던 길을 계속 간다. 그런데 하룻밤 정분
을 나누고 떠나간 고죽의 영상은 점차 흐려지는 게 아니라, 날이 갈
수록 더 또렷하게 홍랑의 가슴에 아로새겨지며 그리움에 애를 태우
게 한다. 그리하여 석 달여를 가슴 속에서 고죽을 지우지 못하고 끙

꿍 앓던 홍랑은 마침내 남자도 떠나기 어려운 그 험한 변방 길을, 그것도 한겨울에 발을 뗀다. 고죽을 찾아 나선 것이다. 물론 아리따운 얼굴을 알아볼 수 없도록 남장을 하고, 얼굴에는 숯검댕이를 칠하였다. 어린 여인이 어느 날 자신이 있는 전방으로 불쑥 찾아왔을 때, 고죽의 놀라움은 어땠을까. 그 놀라움은 곧 감동으로 변하였을 것이고, 감격의 눈물을 흘리면서 고죽은 아마도 홍랑을 힘껏 품에 안았을 것이다. 그 후 두 사람은 꿈같은 시간을 보냈을 테지만 달콤했던 시간은 너무나 짧게 끝나고 다음 해 봄, 고죽은 다시 한양으로 발령이 난다. 너무나 짧았던 시간을 뒤로 하고 헤어져야 하는 고죽과 홍랑. 두 연인은 시간을 붙잡아 두고 싶었겠지만, 결국 이별의 아침은 밝아온다.

그렇지만 고죽과 홍랑은 조금이라도 더 같이 있고 싶어서 함께 길을 떠났고, 마침내 홍랑으로선 더 이상 갈 수 없는 쌍성에 이른다. 함경도 기생 홍랑이 지역을 벗어나 그 이상을 넘어오는 것은 금지되어 있었던 것이다. 이제 헤어지면 언제 다시 만날 수 있을까? 기약 없는 이별에 두 연인은 뜨거운 눈물을 흘렸을 것이다. 그러나 시간은 더 이상 기다려 주지 않는다. 고죽의 모습이 산을 넘어 안 보일 때까지 흐르는 눈물과 함께 전송한 홍랑은 하는 수 없이 발길을 돌린다. 차마 떨어지지 않는 발걸음으로 함관령에 이르렀을 때, 날은 저무는데 하늘도 두 사람의 이별을 슬퍼했는지 눈물 비를 내린다. 이때 비를 맞으며, 님을 생각하며 쓴 홍랑의 시가 바로 위의 시이다.

그렇게 고죽과 헤어진 후 뜨거웠던 사랑을 가슴 한 편에만 간직한 채 안타까운 시간을 보내고 있던 홍랑에게 한양의 고죽 소식이 들려온다. 무려 2년 만이다. 그러나 그 소식은 홍랑의 가슴 한편을 무너져 내리게 하는 비보였다. 고죽이 중병으로 앓아누웠다는 것이다. 이 말을 듣자마자 기생의 신분으로서 홍랑은 함경도를 벗어날 수 없다는 금기에도 아랑곳없이 한양을 향하여 쉬지 않고 밤낮으로 내달렸다. 그리고는 다시 만난 두 사람. 홍랑은 파리한 모습으로 누워있는 고죽을 보자 정신없이 그 품으로 뛰어들었을 테고, 꿈에서나 만날 수 있었던 연인이 눈앞에 나타났으니, 고죽도 '이게 꿈이련가' 하며 믿을 수 없었을 것이다. 그러나 얼굴을 더듬으며 다시금 확인하여도 임은 분명 바로 자기 눈앞에 있으니, 고죽은 그 동안 자신을 괴롭히던 병마저 쫓아버리고 벌떡 일어난다.

다시 만난 고죽과 홍랑. 이들의 사랑은 더욱 불타올랐다. 그러나 질투의 신은 이들의 행복을 그냥 보고 있을 수 없었던 듯, 고죽의 정적들이 임금에게 고죽이 한양에 들어올 수 없는 함경도 기생을, 그것도 명종비 인순왕후 국상 기간에 데리고 살고 있다며 이들을 처벌하라고 상소한다. 이들의 눈에는 두 연인의 진실하고 애끓는 사랑은 들어오지 않는 것인가? 결국 홍랑은 눈물을 뿌리며 홍원으로 발길을 돌려야 했고, 고죽은 관직에서 파면된다. 떠나보낼 수밖에 없는 연인 홍랑에게 고죽은 시 한 수를 건넨다.

서로를 바라보는 눈길 멈출 수 없는데, 떠나는 그대에게 유란을 주노라

　　　　　　　　　　　다섯 손가락

이제 하늘 끝으로 떠나고 나면 언제나 다시 볼 수 있으랴

그대 함관령의 옛 노래를 부르지 마오

지금까지도 청산은 비구름에 어둡기만 하나니

아! 이제 두 연인은 영영 이별인가? 그 후 홍랑은 고죽을 다시 보
게 된다. 그렇지만 이번에는 무덤에 누워있는 고죽을 차가운 무덤 위
로 끌어안을 수밖에 없는 상황의 재회이다. 고죽은 1582년 종성부사
로 임명되었는데, 이번에도 그의 임명에 시비 거는 사람들 때문에 부
임 1년 만에 한양으로 돌아오다 객관에서 의문의 죽음을 당하게 된
다. 당연히 홍랑도 이 소식을 들었을 테고 하늘이 무너지는 심정이었
을 것이다. 홍랑은 결심한다. 살아서 지켜주지 못한 연인이지만, 무
덤가에서나마 지켜 주리라고. 이후 홍랑은 고죽의 무덤을 찾아가, 무
덤 앞에 묘막을 짓고 시묘살이를 한다. 미모의 여인이 산속에서 홀로
시묘살이를 하고 있다는 것을 속 검은 남정네들이 안다면 어땠을까.
아무리 후환이 두려워도, 그건 나중 일이고 당장은 홍랑을 어떻게 해
보겠다는 그런 놈들도 있지 않았겠나. 그래서 홍랑은 시묘살이를 하
면서 남정네들이 그런 맘을 먹지 못하도록 아예 자기 얼굴을 긁어버
린다.

여자로선 생명과도 같은 얼굴을 망가뜨리면서까지 죽은 연인의 옆
에 있겠다는 홍랑의 각오. 세상에나! 이 대목에서 홍랑에게 깊이 머
리 숙이지 않을 수 없다. 가만있자…. 남성인 나야 홍랑의 행동에 감

탄하며 머리 숙이지만, 오늘날 미투 집회에서 과격한 말을 쏟아내는 여성들의 입장에선 홍랑의 행동이 영 마뜩찮을 것 같다. 더 나아가, 어쩌면 홍랑의 행동에 분개하며 'XX년' 하며 홍랑을 질타할지도 모르겠다. 그들로선 남성 중심의 이념에 세뇌당한 홍랑이 어리석게 보일 것이다. 지금도 한국이 남성 중심의 사회라고 목소리 높이며 과격한 말을 쏟아내는데, 이들이 타임머신을 타고 조선으로 돌아갈 수 있다면, 조선의 양반들에게 선전포고를 하지 않을까? 어쨌거나 홍랑이 이렇게 고죽의 무덤을 지킨 지 9년! 임진왜란이 터지고, 홍랑도 이제는 고죽의 곁을 떠나지 않을 수 없다. 홍랑은 님의 분신인 양 고죽의 시집을 소중히 품에 안고 떠난다. 이후 홍랑도 마침내 지상의 몸을 벗고 그리던 님의 곁으로 갔을 때, 고죽의 자손들은 홍랑을 고죽의 발치에 묻어주고, 예를 다해 모신다.

이제 두 연인이 묻혀 있는 파주시 다율동 514−9번지를 찾아간다. 원래 묘지는 파주시 월롱면 영태리에 있었는데, 1969년 군용지로 수용되면서 이곳으로 이장되었단다. 내가 찾아갔을 때는 이 일대가 재개발이 시작되면서 마을 사람들은 다 떠나고, 비어 있는 집들은 이리저리 부서지고 금이 가고 있었다. 버려진 마을길을 지나 산 밑의 고죽과 홍랑에게 닿으려니 사람들이 버리고 간 개들이 다가와 사납게 짖어댄다. 아서라! 나는 지금 420여 년 전의 연인들을 만나러 가는 길이란다. 개들을 살살 달래며 마을을 벗어나, 마침내 고죽과 홍랑

| 홍랑(아래)과 고죽(위)의 묘 |

앞에 섰다.

　마을 사람들을 따라 고죽의 후손들도 떠났는가? 사람의 손길이 닿지 않은 무덤 위엔 제멋대로 자란 풀들만 바람에 춤추고 있었다. 고죽은 홍랑에게 지아비의 마음자리를 내준 본부인 임씨와 같이 묻혀 있고, 그 아래에 홍랑이 홀로 잠들어 있다. 홍랑의 무덤 오른쪽 앞으로는 홍랑과 고죽의 시를 앞뒤로 새긴 시비가 세워져 있다. 전국 국어국문학 시가비 건립동호회에서 세운 비이다. 시비에는 당연히 글머리에서 인용한 홍랑의 시가 새겨져 있다. 잠시 이들 연인들 앞에서 묵념을 한다. 고죽 선생! 홍랑 아가씨! 당신들의 아름답고 애절한 사랑을 찾아 420년 뒤의 후손이 이렇게 당신들 앞에 섰습니다. 후손들에게 사랑의 숭고함을 깨닫게 하고, 문학적 상상력을 키워 주신 님들이여! 이제 저는 떠나나, 당신들의 사랑은 제 뒤의 후손들에게도 계속적인 존경과 상상력의 원천이 될 것입니다. 무덤가를 떠나 다시금 스산한 바람만 스치고 지나가는 마을 앞에서 고죽과 홍랑을 되돌아본 다. 다시 보고 싶은 님들! 그리운 이들이여! 안녕!

한확의 출세 길 열고 공녀로 희생된 누이들

●

●

●

●

●

　남양주 마재마을은 다산 정약용의 생가가 있는 곳으로 사람들이 많
이 찾는 곳이다. 요즘 남양주시는 다산을 집중적으로 띄우기 위해 마
재마을에 실학박물관도 세우고 다산과 관련된 학회, 축제 등 다양한
행사를 펼치고 있다. 그런가 하면 둘레길 형태의 다산길도 만들고 다
산생태공원도 만들어 주말에는 주차할 곳이 없을 정도로 사람들이 몰
리고 있다. 한확 이야기를 한다면서 웬 다산 이야기냐고 하겠다.

　한편 마재마을 입구에는 세조 때의 좌의정 한확(1400-1456)의 무덤
과 신도비가 있다. 몇 번 마재마을에 갔었지만, 한확의 무덤은 그냥
지나쳤다. 그러다가 한확 선생에게는 누나 덕분에 출세한 재미있는
이야기가 전해지고 있다는 것을 알고는, 다시금 마재마을을 찾는다.

　재미있는 이야기란 이렇다. 참! 약소국 조선 여인의 서글픈 이야기

| 누이를 공녀로 희생시킨 한확의 묘 |

인데, 재미있다고 하는 것은 좀 그렇다. 하여튼 얘기를 해보자. 태종 때 명나라 영락제가 조선에 공녀를 요구한다. 고려 때 원나라의 요구로 많은 고려의 처녀들이 원나라에 공녀로 바쳐졌는데, 명나라 때까지도 이런 요구가 이어지고 있었던 것이다. 사실 영락제의 어머니는 원나라 때의 고려 공녀 출신이다. 명나라를 세운 주원장도 여진족이라는 얘기가 있는데, 그래서인지 영락제는 많은 한족 환관들을 쫓아내고, 조선에 공녀와 환관을 요구하여 조선인 공녀와 환관으로 궁궐을 채웠다. 영락제 이후에도 조선 공녀들이 명나라 궁궐을 차지했고, 영락제의 손자인 선종 선덕제는 조선 공녀 출신인 오황후에게 명의 7대 황제 경제를 낳기까지 한다. 이후의 황제들도 조선 공녀를 후비로 삼았다.

원나라 때야 고려가 패전국가로 할 수 없이 공녀를 바쳐야 했다지

다섯 손가락

만, 한창 패기만만해야 할 신생국가 조선조차 명나라의 공녀 요구를 거부할 수 없었을까? 하여튼 한확의 누나도 명나라에 공녀로 끌려갔는데, 한확이 이때 공녀들을 호송했다. 영락제는 한확의 누나가 마음에 들었던지 여비(麗妃)로 책봉하고, 남동생 한확에게는 '광록시소경'이라는 벼슬을 내린다. 이런 상황이니 매사 명나라 눈치를 보는 조선으로서 가만히 있을 수 있었겠는가. 이때부터 한확은 조선에서도 출세가도를 달리게 된다.

애기가 여기에서 끝났으면, 뭐~ '명나라가 공녀를 요구한다고, 조선이 그것 하나 거부 못하냐?' 하며 비분강개를 하거나, '한확이라는 녀석이 비굴하게도 그런 누나 덕을 보았구나.' 하는 정도로 그쳤을 것이다. 그런데 그 다음에 이어지는 이야기가 황당하다. 영락제는 죽음에 이르렀을 때 혼자 저승으로 가기가 외로웠던지 자신을 섬기던 궁녀들을 데리고 간다. 이른바 순장을 한 것이다. 고대국가에나 있었던 순장 풍습이 15세기 왕조에까지 이어지고 있었다는 사실이 놀랍기만 하다. '조폭' 출신 주원장이 세운 명나라이다 보니 순장이 부활이라도 했단 말인가? 그런데 순장을 했다는 것만으로도 놀라운데, 명나라는 유독 이민족 출신 공녀 30여 명을 순장의 대상으로 삼았다. 궁녀들을 가릴 것 없이 순장하면 반발이 심할까봐, 이민족 출신 공녀들만 순장한 것인가? 아니면 영락제가 총애하던 공녀들이 공교롭게도 모두 이민족 출신이었던 것인가? 어쨌거나 여비를 순장하였다는 애기를 듣는 순간, 나는 나도 모르게 주먹이 불끈 쥐어지고, 입에선 "이런 개

XX!" 하는 욕이 튀어나온다.

　그런데 그 다음으로 이어지는 이야기에서는 한확을 향해 욕을 퍼붓게 된다. 명나라 선덕제도 공녀를 요구하자, 한확은 마치 기다렸다는 듯이 이번에도 자기 여동생 한계란을 공녀로 보낸 것이다. 설사 명나라에 가서 황제의 여자가 된다고 하더라도, 그걸 좋아할 조선의 여인이 그 누가 있을까. 한계란은 이 소식을 듣고 앓아눕는다. 오빠 한확은 약을 지어주지만, 한계란은 "누이 하나를 팔아서 부귀가 이미 극진한데 무엇을 위하여 약을 쓰려 하오." 하며, 그 동안 시집갈 준비를 위해 차곡차곡 준비하여 두었던 혼수품을 갈기갈기 찢어버린다. 그러나 어쩔 수 없이 한계란은 명나라로 끌려가는데, 사람들은 그녀의 언니가 순장당한 것을 알기에, 눈물을 흘리면서 한계란의 운명을 '생송장'이라고 하며 슬퍼했다.

　하지만 불행 중 다행이랄까? 한계란은 선덕제의 후궁 공신태비가 되고 언니와 달리 74세까지 천수를 누렸다고 한다. 하여튼 한확은 누나와 여동생을 팔아 출세를 하였다고 하여도 지나친 말이 아니라고 하겠다. 이후 한확은 좌의정까지 출세하였고, 세조의 쿠데타에도 관여하여 좌익공신으로 책록되었다. 훗날 세조가 그의 딸을 맏며느리(의경세자의 아내, 나중에 인수대비가 됨)로 삼게 되면서 한확은 서원부원군에까지 봉해진다.

　경우가 다르긴 하지만, 한확 이야기를 하다 보니 1960-70년대 가난했던 우리나라 가정의 아들, 딸들이 생각난다. 자식들을 모두 공부시키기 힘들었던 우리의 많은 부모들이 아들만 대학을 보내고, 여자가 고등교육까지 받아서 뭐하냐며, 딸들은 초등학교나 중학교만 겨우 졸업하고 공장으로 내몰린다. 그리하여 우리의 오빠, 남동생들은 누이동생, 누나가 보내주는 돈으로 대학까지 마칠 수 있었다. 그런데 그렇게 해서 대학을 나온 남자 형제들이 자신들을 위해 희생한 여형제들에게 보답을 했을까? 오히려 자신들이 이룬 가정과 격 차이가 난다며 여자 형제들을 멀리한 이기적인 놈들은 없었을까?

이제 한확의 무덤을 돌아본다. 주위에 다른 무덤은 없고 한확의 무덤만 크게 자리를 차지하고 있다. 또한 신도비는 다른 사람들의 신도비보다 유난히 큰데, 중국에서 배와 코끼리로 운반해 왔다고 한다. 마재마을을 포함한 이곳을 능내리라고 하는데, 한확의 무덤이 왕의 능처럼 크고 웅장하여, 능 안쪽의 마을이라는 의미에서 능내리라고 한 것이다. 또한 풍수가들은 한확의 무덤이 목란반개형(牡蘭半開形: 모란꽃이 반쯤 피어난 모양)의 명당이라 후손이 부귀영화를 누렸다고 한다. 하지만 한확 집안의 부귀영화가 그다지 떳떳하게 여겨지지 않는 건 나만의 감상일까. 한확은 세조의 큰 아들 의경세자가 훗날 덕종으로 추증됨으로써 왕의 장인이라는 신분에까지 오르게 된다. 한확으로서는 자신이 누릴 수 있는 최고의 지위까지 오른 것이겠지만, 이 국땅에서 외롭게 죽어간 한확의 누이들을 생각하면 누나와 여동생을 '팔아' 얻은 부와 명예가 그렇게도 중한 것인지 편치 않은 마음이다.

이제 상념을 떨치고 한확의 무덤을 떠나 다산길 2코스로 접어든다. 걷다가 잠시 뒤로 돌아 한확의 무덤을 다시 바라보며, 혼잣말을 해본다. 한확 선생이여! 당시 약소국 조선의 신하로서 선생도 어쩔 수 없었던 측면이 있겠지요. 제가 흥분하여 결례를 했다면 너그러이 용서해주소서. 당신이 비록 이 넓은 땅을 차지하고 편히 누워있지만, 이 국땅에서 외롭게 죽어간 누이들 생각에 늘 가슴 아파했으리라고 믿겠습니다.

다섯 손가락

족두리 산소로 돌아온 환향녀 의순공주

의정부시 금오동 천보산 기슭에 족두리 산소라고 불리는 무덤이 있다. 의순공주의 무덤인데, 공주는 효종 때 청나라에 공녀로 끌려갔다가 6년 만에 고국으로 돌아와 '화냥년'으로 손가락질 당하다 28세에 쓸쓸히 병사했다. 의정부 교도소에 피고인을 접견하러갔다가, 접견을 끝내고 잠시 짬을 내어 의순공주 무덤에 들러보았다. 비운의 의순공주 삶을 짚어보기 전에, 먼저 '공녀'와 '환향녀', 나아가 '화냥년'에 대해 잠깐 말해보자. 병자호란에서 조선이 참패하자 청나라는 조선의 처녀들을 상납할 것을 요구했다. 이렇게 끌려가는 여자들을 공녀라고 했다. 그리고 공녀 가운데는 전쟁 직후 포로로 끌려갔지만 용케 조선으로 돌아온 여인들이 있었는데, 이들을 '고향에 돌아온 여인'이라고 하여 '환향녀(還鄕女)'라고 불렀다. 그런데 당시 조선은 여인에게 삼종지도라는 굴레를 씌우던 유교 국가였지 않은가? 그러니 조선의 남자들은 환향녀를 몸을 더럽히고 돌아온 여인이라고 손가락질하고, 특히 양반가에서는 환향녀를 아예 집안에 들여놓지 않으려고 했을 정도였다.

이 '환향녀'가 음운변화를 일으키면서 '화냥년'이 되었다. 그리고 세월이 흐르면서 '화냥년'이라고 하면 색기가 많고 품행이 올바르지 못한 여자를 뜻하는 말로 쓰이게 된 것이다. 환향녀를 집에 들여놓지 않으려고 했다? 남자들의 생각은 이런 것이다. '왜 자진해서 목숨을 끊지 않고 포로로 끌려가 몸을 더럽히는 것이냐?' 여기서 지극히 이기적인 조선 양반들의 생각을 읽을 수가 있다. 그런데 생각해보자. 병자호란은 국제정세에는 아랑곳없이 오로지 친명배청(親明排淸)만 외친 조선 양반들이 자초한 전쟁 아닌가? 자기들이 잘못하여 여자들을 전쟁의 비극으로 몰아넣고도 모자라 포로로 끌려가기 전에 스스로 목숨을 끊었어야 한다고? 아! 이 지독한 이기주의자들이여!

서론이 길어졌다. 순치제 때 섭정왕 도르곤은 1650년(효종1) 3월경 조선의 공주를 자기 아내로 맞이하고 싶다고 한다. 당시 청나라 최고 실권자 도르곤의 요구를 힘없는 조선이 어찌 거절할 수 있었으랴. 그러나 공주를 도르곤에게 보낼 마음이 전혀 없었던 효종은 이러지도 저러지도 못하고 끙끙 앓는다. 이때 종친인 금림군 이개윤이 자청하여 자기 딸을 보내겠다고 나섰다. 효종으로서는 얼마나 반가웠겠는가. 그래서 효종은 이개윤의 딸을 자기 양녀로 하고 의순공주라고 했다. '대의(大義)'에 순종하였다고 하여 '의순(義順)공주'가 된 것이리라. 그리고는 효종은 4월 22일 의순공주가 청나라로 출발할 때 서대문 밖 모화관까지 나와 의순공주를 떠나보낸다.

어쨌든 의순공주는 청나라 실권자 도르곤의 아내가 되었으니, 공녀로 끌려간 조선의 여인들 중에는 최고의 자리에 오른 셈이다. 그러나 그 해 말 도르곤이 사냥 중에 돌연 사망함으로써 의순공주의 왕비로서의 삶은 불과 7개월로 끝난다. 그리고는 도르곤의 조카인 정친왕 박락과 재혼을 하게 된다. 어떤 과정으로 박락과 재혼하였는지는 확실치 않은데, 도르곤이 죽자 도르곤이 황제 자리를 엿보았다는 죄목으로 부관참시된 것으로 보아 의순공주는 박락에게 넘겨진 것으로 보인다. 당시에는 역적으로 몰리면 재산은 몰수되고 가족들도 사형당하거나 노비로 팔려갔으니 의순공주의 운명도 같은 길을 걸었을 것으로 여겨진다. 그런데 그나마 의순공주가 박락과 백년해로 했으면 좋았을 것인데, 박락마저 세상을 떠나 버린다. 그 후 청나라에서의 의순공주의 삶이 어떠했는지는 기록이 명확하지 않은데, 아마도 비참한 삶을 이어갔으리라. 이 소식을 아버지 이개윤이 듣게 된다. 불쌍한 딸의 소식을 듣자 이개윤은 딸을 구하기 위해 어떻게든 청나라로 가려고 한다. 그리하여 이개윤은 1656년 청나라 사신단에 합류하게 되었고, 북경에 도착하자 청 황제 순치제에게 딸을 돌려보내줄 것을 간청한다. 순치제도 이 가엾은 부녀를 딱하게 여겼던지, 다행히 이개윤은 딸을 데리고 고국으로 돌아올 수 있었다.

| 족두리 산소로 불리는 의순공주 묘 |

하지만 사람들은 이렇게 돌아온 부녀에게 싸늘한 시선을 보낸다. 의순공주가 '화냥년'이 된 것이다. 사람들은 이개윤이 청나라가 보내온 많은 비단에 눈이 어두워 자청해서 딸을 청나라로 보냈다느니, 의순공주가 도르곤에게 소박맞고 그 부하에게 재가를 했다느니 쑥덕쑥덕하면서 소문의 연기를 피워올린다. 결국 의순공주는 돌아온 조선에서도 환영받지 못하다가 1662년 한창 나이인 28살에 시름시름 앓다가 한 많은 세상을 뜨게 된다. 그리고는 내가 찾아 간 그 곳에 묻히게 된 것이다.

의순공주를 바라본다. 무덤을 덮었던 풀들은 말라죽고, 봉분은 여기저기 패여 있다. 편히 눈을 감지 못했던 여인인데, 무덤이나마 잘 관리해주면 좋을 것을…. 아직도 화냥년이라며 무덤을 돌봐주지 않는 것인가? 그런데 의순공주 무덤을 왜 족두리 산소라고 하는 것일까?

다섯 손가락

무덤 앞의 안내문을 읽어보자. 안내문에는 청나라로 끌려가던 의순 공주가 압록강에 이르렀을 때, 오랑캐에게 강제 결혼을 당하여 욕되게 사느니 차라리 죽는 게 낫다고 생각하여 강물에 몸을 던졌다고 한다. 그래서 수행하던 노복들이 의순공주의 시신은 찾지 못하고 족두리만 건져와 이곳 금오동 선영에 장사를 지냈기에 족두리 산소라고 부른다 는 것이다. 그 밑으로는 약간 다른 내용으로 의순공주는 압록강을 건 너면서 영영 돌아오지 못할 고국 땅을 뒤로 하며 자신의 족두리를 벗 어주었다고 적혀있다. 그래서 이를 나중에 받아본 공주의 어머니가 공 주가 죽은 것으로 생각하여 족두리를 장사 지낸 것이란다. 그럼 무덤 속에는 의순공주의 유골이 아니라 족두리가 있다는 얘기인가?

글쎄다…. 저 무덤 속에 의순공주는 없고 족두리만 있다니, 의순공 주가 오랑캐에게 몸을 더럽히지 말고 차라리 강물에 빠져죽었기를 바 라는 당시 사람들의 마음이 이런 전설을 만들어낸 것이 아닐까. 그것 참! 의순공주를 있는 그대로의 모습으로 받아주고 기억해주면 안 되 는 것인가. 잠시 눈을 감고 비운의 공주, 의순공주의 명복을 빈 후 발 길을 돌려 내려간다. 내려가는 내 머리 속으로 자꾸 의순공주의 족두 리가 떠오른다. 공주님! 편협한 남자들 세상 속에서 자신의 삶을 제 대로 살아보지도 못한 공주님! 불쑥 찾아 온 후인이 잠시 공주님 앞 을 서성거리다 갑니다. 편히 쉬소서!

역관 홍순언을 살린 의리의 강남녀

강남의 청담동 성당 뒤쪽으로 청담 근린공원이라는 조그마한 동산
이 있다. 처음 생각엔 이 조그만 공원에 뭐 볼 것 있을까 싶었는데,
올라가 보니 그래도 제법 숲이 있고, 더 놀라운 것은 그 조그만 공원
에 시냇물도 흐르고 약수터도 있다는 사실이다. 게다가 조선조에서
직산현감을 지낸 권대균과 사헌부 감찰을 지낸 권옹의 묘도 있었다.
"야아~ 이런 조그만 도심 공원에 이런 것이 숨어 있었네!" 감탄하면
서 숲속 길을 걷는데, 공원 한쪽으로 비석이 하나 보인다. 무얼까?
다가가 보니, 비석에는 큰 글씨로 '홍순언과 강남녀의 전설'이라고 쓰
여 있다. 홍순언? 강남녀? 내용을 보니 역관 중에는 드물게 광국공신
(光國功臣)에 책훈되고 당릉군에까지 봉해진 역관 홍순언(1530-1598)
에 대한 것이다. 홍순언이 청담동 출신이었던 것이다. 그런데 강남녀

다섯 손가락

이야기는 또 뭘까?

이 이야기가 재미있다. 홍순언은 역관이니 북경 출입이 잦았을 것이다. 한번은 홍순언이 일을 마치고 청루에 놀러갔다. 그런데 들어오는 여인이 소복 차림이다. "으잉? 재수 없게 이 뭐꼬?" 홍순언으로서는 이렇게 반응할 법도 한데, 차분히 여인의 사연을 들어본다. 여인의 아버지는 북경의 관리인데 부모가 염병에 걸려 죽었단다. 그래서 여인은 부모님의 영구를 모시고 고향으로 가려고 하는데, 돈이 없어 자기 몸을 팔아서라도 이장 비용을 마련하려고 청루에 나온 것이란다. 홍순언은 여인의 사연이 딱해 이장 비용에 쓰라고 300금을 건네준다. 그리고는 여인의 효성에 감복하여 여인과 잠자리도 하지 않았다. 여인으로서는 당연히 그 은인의 이름이라도 알고자 했을 것이다. 홍순언은 그럴 것 없다며 그냥 자리를 뜨려고 하지만, 한사코 알고자 하는 여인의 재촉에 성만 말해주고 떠난다. 그런데 여인에게 준 돈이 모두 다 자기 개인돈은 아니었던 모양이다. 결국 조선으로 돌아온 후 홍순언은 공금 횡령죄로 투옥된다. 그런데 이 무렵 '종계변무(宗系辨誣)' 문제가 해결되지 않아, 선조는 그 연유를 역관의 온전치 못한 통역 탓이라고 돌리면서, 이번에도 해결을 못하면 수석 통역관의 목을 베겠다고 엄포를 놓았다.

참! 종계변무가 무엇인지부터 설명해야겠다. 그 당시까지만 하여도 명나라 태조실록, 대명회전에 이성계가 이인임의 아들이라고 잘못 기록되어 있고, 심지어 대명회전에는 이성계가 4명의 왕씨 임금

| 홍순언과 강남녀 전설을 담은 청담공원 내의 표석 |

을 시해하고 나라를 차지했다고 기록되어 있었다. 하여 이를 알게 된 조선에서는 개국 초부터 잘못된 기록을 바로 잡으려고 여러 차례 사신을 파견했는데, 그때까지도 이를 바로 잡지 못하여 선조가 단단히 화가 났던 것이다. 그런데 그 오랜 시간동안 바로잡지 못한 문제를 어느 역관이 간다고 해결할 수 있겠는가. 그런데 그때 홍순언의 동료 역관들은 홍순언이 공금을 갚지 못하는 한 어차피 살아서 감옥에서 나오지 못할 형편이니, 홍순언 대신 그 돈을 갚아주고 홍순언을 보내자고 합의한다. 그러자 홍순언은 이래 죽으나 저래 죽으나 마찬가지라는 생각에 승낙한다.

그리하여 홍순언이 북경으로 가게 되는데, 북경에 들어가는 홍순언의 마음은 무겁기가 이루 말할 수 없었다. 이번에 돌아가면 자신은 죽을 수밖에 없을 운명이라고 생각했기 때문이다. 그런데 여기서 기

다섯 손가락

막힌 반전이 일어난다. 명나라의 실권자인 예부의 시랑 석성이 부인과 함께 홍순언을 찾아오더니, 그 부인이 홍순언에게 큰절을 하는 게 아닌가! 너무 놀란 홍순언은 사태를 파악하곤 더 놀라게 된다. 그 부인은 예전에 홍순언이 조건 없이 이장 비용을 대주었던 그 여인이었던 것이다. 알고 보니 그 사이에 그 여인은 석성 시랑의 재취가 되어 있었다. 이 여인은 석성의 아내가 된 이후, 조선에서 사신 일행이 올 때마다 홍씨 성을 가진 역관을 계속 찾았다고 한다. 그러나 투옥된 홍순언이 북경에 올 수는 없는 법. 하지만 여인은 단념하지 않고 계속 찾다가, 마침내 은인을 만나 홍순언의 만류에도 불구하고 큰절을 올린 것이다.

이러니 석성 부부는 홍순언의 일이라면 발을 벗고 나서지 않을 리 없고, 따라서 오랫동안 풀지 못하던 종계변무 문제도 홍순언에 의해 풀리게 된 것이다. 그런데 여기서 한 가지 짚고 넘어가지 않을 수 없다. 태조 이성계가 이를 처음 알게 된 1394년(태조 2)에서 무려 190년의 세월이 흐른 1584년(선조 17)에 와서야 겨우 기록이 수정되었다. 그것도 조선이 명나라에 애걸복걸해서야 겨우 바로 잡을 수 있게 되었다. 조사를 해보면 금방 확인할 수 있는 사실을 바로 잡는데 190년씩이나 걸리다니, 이것이 약소국의 비애인가?

그런데 석성의 도움은 이것뿐이 아니다. 임진왜란이 일어났을 때 조선은 명나라에 구원병을 요청하지만, 명나라는 이에 응하지 않았다. 이때에도 석성이 앞장서서 조선을 도와주자며 설득하여 명의 구원병이 조선으로 왔던 것이다. 이런 공으로 일개 역관이었던 홍순언은 광국공신에 당릉군으로까지 지위가 올라갔다. 사실 명나라로서도 만주에서 신흥세력 후금이 일어나고 지방에서 반란이 일어나는 등, 국내 사정이 긴박하여 조선을 도울 형편이 아니었다. 결국 가뜩이나 약해진 명나라는 조선 출병으로 국력이 더욱 약해져 멸망에 이르게 되는데, 조선 출병을 주장하였던 석성도 이로 인해 결국 하옥되었다가 죽게 된다. 이쯤에서 소설가 최인호 씨의 소설 『상도』를 읽은 분이라면, 홍순언 이야기가 『상도』의 주인공 임상옥의 이야기와 비슷하다고 생각할 것이다. 그렇다. 최인호 씨가 의주 상인 임상옥의 이야기를 소설로 쓰면서 홍순언의 이야기를 임상옥의 그것으로 바꿔서 소설 속에 집어넣은 것이다. 이런 조그만 공원에 이런 역사적인 인물이 숨어 있을 줄이야!

그건 그렇고 강남녀는 또 무엇인가. 석성의 아내 고향이 중국 양자강 이남인 절강성이기에 강남녀라고 한 것이다. 그리고 청담동도 강남에 있으니 특히 '홍순언과 강남녀의 전설'이라고 이름을 붙인 게 아닐까. 그런데 이와는 연관은 없지만, 신라 시대 최치원의 시에도 '강남녀'라는 시가 있다. 홍순언의 강남녀는 효녀요 은혜를 잊지 않는 훌륭한 여인임에 반해, 최치원의 시에 나오는 강남녀는 음탕하고 사치스러운 여인이다. 최치원의 시를 만나보자.

강남의 풍속은 예의범절이 없어서

딸을 기를 때도 오냐오냐 귀엽게만

허영심이 많아서 바느질은 수치로

화장하고는 둥둥 퉁기는 가야금 줄

배우는 노래도 고상한 가곡이 아니요

남녀의 사랑을 읊은 유행가가 대부분

자기 생각에는 활짝 꽃 핀 이 안색

길이길이 청춘 시절 누릴 줄로만

그러고는 하루 종일 베틀과 씨름하는

이웃집 여인을 비웃으면서 하는 말

베를 짜느라고 죽을 고생한다마는

정작 비단옷은 너에게 가지 않는다고

허영심이 많아 일은 안 하고 짙은 화장에 놀 궁리만 하는 강남녀! 시를 읽는데 머릿속에 강남녀의 모습이 그려지면서 저절로 웃음이 나온다. 최치원 당시 중국 강남의 여자들이 이랬던 모양이다. 혹시 요즘 우리나라의 강남녀와 비슷한 점은 없는지.

송상현의 그림자로 묻힌 세 여인

'송상현' 하면, 대개 임진왜란 때 절대적인 열세 속에도 왜군과 끝까지 싸우다 순절한 동래부사 송상현을 떠올릴 것이다. 청주 흥덕구 수의동 묵방산 자락에 가면 충렬공 송상현의 무덤이 있다. 원래 이곳은 송상현과 아무런 연고가 없는 곳이다. 그런데 선조가 순절한 송상현의 공을 높이 사 동래에 묻혀있는 송상현을 좋은 터로 옮겨주고자, 두사충에게 명하여 명당자리를 잡은 것이다. 두사충은 임진왜란 때 조선에 귀화한 명나라 장수인데, 풍수지리를 잘 봐 선조가 그에게 묘자리를 잡을 것을 명하였다.

그런데 송상현의 무덤 옆에는 평소 송상현에게 시종 들던 여인들의 무덤은 있지만, 정작 그의 아내의 무덤은 없다. 부인의 무덤은 그곳에서 1km 정도 떨어진 황구산 기슭에 있다. 유교국가인 조선에서

다섯 손가락

| 송상현의 묘(중앙)와 양녀(좌), 금섬(우)의 묘 |

그것도 충신의 묘소 옆에 어떻게 아내의 묘 대신에 다른 여자들의 묘를 두었을까. 그 궁금증을 풀기 위하여 청주지법 재판이 있을 때 짬을 내어 충렬공의 묘소를 들러보았다. 차에서 내리니 먼저 강상촌(綱常村)이라는 마을 표석이 눈에 들어온다. 왕이 일부러 묘토를 하사하니, 충렬공의 후손들이 충렬공의 사당과 묘를 지키기 위해 이곳으로 이주하여 형성된 마을이 강상촌이다. 강상촌은 유교의 삼강오상(三綱五常)에서 따온 이름이다. 삼강은 임금과 신하(君爲臣綱), 어버이와 자식(父爲子綱), 남편과 아내(夫爲婦綱) 사이에 지켜야 할 마땅한 도리를 말하고, 오상은 인(仁), 의(義), 예(禮), 지(智), 신(信)을 말함이다. 삼강오륜과 같은 말이다. 그러니까 충신의 후손들이 사는 마을이라 강상촌이라고 한 것이다.

먼저 충렬사에 들러 충렬공에게 인사를 드린다. 충렬사 마당에는

'군신의중 부자은경(君臣義重 父子恩輕)'이라고 새긴 비석이 세워져 있다. 송상현이 왜적과 싸우기 전, 이 전투에서 자신이 살아나기는 힘들 것이라는 것을 알고 쓴 절명시(絕命詩)의 한 구절이다. 송상현은 이 절명시를 쓸 때 조복(朝服)으로 갈아입고 북쪽을 향해 네 번 절한 다음, 가지고 있던 부채에 고향 아버님께 보내는 유서로써 절명시를 썼다고 한다. 목숨을 버리는 것은 부모에 대한 불효이지만, 그보다는 나라를 위해 싸우다 죽는 것이 더 중하다는 결의를 나타낸 것이리라. 그래서 전투가 끝난 후 적장도 이러한 충렬공의 충절을 높이 사 예를 갖추어 묻어주었다고 한다.

드디어 충렬공의 묘소로 오른다. 긴 계단을 오르니 3개의 묘가 나란히 있는 것이 보인다. 가운데 묘가 약간 뒤로 물러나 있는 것이, 좌우의 묘가 가운데 있는 묘를 지키고 있는 형상처럼 보인다. 다가가니 짐작대로 가운데 묘는 충렬공 송상현의 묘이고, 왼쪽은 이소사 양녀의 묘, 오른쪽은 한소사 금섬의 묘이다. 소사(召史)는 양민의 아내나 과부를 이르는 말인데, 양녀와 금섬도 소사라고 불렸던 모양이다. 그런데 이들의 이름이 좀 별나다. 양녀(良女)는 '좋은 여자', 금섬(金蟾)은 '금두꺼비'란 뜻이니, 아무래도 본명은 아니고 그냥 별명으로 부르던 이름이 아닐까? 그 치열했던 동래성 전투에서 한금섬은 송상현을 따라 순절하였고, 이양녀는 포로로 일본에 끌려갔다. 전쟁 통에 여자가 포로로 끌려간다는 것, 그건 정조를 지키기 어렵다는 얘기이다. 그럼에도 이양녀는 죽기를 각오하고 정조를 지켰다고 한다. 그리하

다섯 손가락

여 도요토미 히데요시가 이를 가상히 여겨 자신의 누이 집에 기거하게 하였다는 것. 그러다가 조선의 포로들 중 일부가 생환될 때, 이양녀도 생환되어 3년 만에 조선으로 돌아왔다. 글쎄…. 도요토미가 일개 아녀자 포로에게도 신경을 썼다는 것이 고개를 갸우뚱하게 하지만, 하여튼 무사히 조선으로 돌아왔다는 것이다. 돌아온 이양녀는 곧바로 충렬공의 묘소로 달려와 줄곧 충렬공의 묘소를 지켰다고 한다.

그러니 이양녀의 무덤이 이곳에 있는 것이 전혀 어색하지는 않을 텐데, 그럼에도 이양녀의 무덤은 실제 시신이 없는 허묘라고 한다. 원래 선조가 동래에 묻혀있던 송상현의 시신을 이곳으로 이장할 때 이미 순절하였던 한금섬도 같이 이장했다. 그렇지만 임금이 특별히 묘토를 하사하여 묘를 쓰고 나면 그 후 추가로 다른 사람 시신을 이곳에 묻을 수 없다고 한다. 그렇기에 이곳을 지키다가 죽은 이양녀도 이곳에 묻지 못하고 처음에는 금섬의 묘비에 이름만 넣어주었다고 한다. 그러다가 아무래도 이름만 넣어주기가 뭐했던가, 아니면 한쪽에 금섬의 묘만 있는 것이 허전하여선가, 아무튼 이양녀의 허묘를 만들어 좌우 균형을 맞춘 것이다.

그럼 송상현의 아내가 이곳에 묻히지 못한 이유를 대충 짐작하리라. 송상현의 아내는 송상현이 죽고도 26년을 더 살면서 때에 따라 남편의 묘를 찾아 제례를 올리다가 늙어 세상을 하직했다. 그렇지만 임금이 내린 묘토에 같이 묻힐 수가 없어 이곳에서 1km 떨어진 곳에 홀로 묻힌 것이다. 그것 참! 무슨 놈의 예법이 그러노? 부부를 합장하는 것보다 임금이 내린 묘토의 현상 보존이 더 중하단 말인가? 예수님은 안식일에는 병 고치는 것도 못하게 하는 바리새인들에게 안식일이 사람을 위해 있는 것이지 사람이 안식일을 위해 있는 것이 아니라고 질타하였는데, 조선도 지극히 형식적인 예법에만 빠져 있었다. 그러니 효종이 죽었을 때 효종의 어머니 조대비가 상복을 1년 입어야 하니, 3년 입어야 하니 하며 싸우고(1차 예송논쟁), 또 효종의 아내 인선왕후가 죽었을 때는 조대비가 상복을 9개월간 입어야 하니, 1년간 입어야 하니 하며 싸운 것(2차 예송논쟁) 아닌가? 나는 조선의 양반들이 조대비의 복상을 놓고 정권이 바뀔 정도로 치열하게 싸우는 것을 보고 혀를 찼는데, 여기 와서 또 혀를 차는 꼴을 보게 되는구나.

이제 송상현의 부인을 만나러 간다. 안내판이 부실하여 동네사람들에게 물어물어 겨우 찾았다. 과연 부인은 넓은 묘토에 홀로 쓸쓸이 묻혀있다. 예법이 엄격했던 조선시대에는 그렇다 치고, 지금이라도 이렇게 홀로 있는 부인을 남편 곁으로 모실 수는 없을까. 모실 수 없다면 양녀처럼 허묘라도? 그렇게 하면 이미 자리가 잘 잡혀있는 질서를 깨뜨리지 말라고 금섬과 양녀가 한마디 할까? 마음 같아서는 이렇게 홀로 누워있는 부인에게 위로의 잔이라도 올리고 싶으나, 둔한 필자는 빈손으로 왔다. 다만 부인에게 고개 숙여 위로의 마음만 전한다. 뒤로 돌아 묘역을 빠져나오다가 마지막으로 몸을 돌려 부인을 바라본다. 부인! 몸은 비록 이곳에 떨어져 있으나, 저 세상에서는 세 여인이 의좋게 손을 잡고 충렬공과 오순도순 잘 있으시겠지요? 부인

　　　　　　　　　　　　　다섯 손가락

| 홀로 누워 있는 송상현의 아내 |

의 온화한 인품이라면 능히 그러실 거라고 믿습니다. 후손 이제 돌아
갑니다. 편히 잠드소서!

송강 못 잊어 비구니 된 기생 강아

●

●

●

●

●

　일산지원 재판 갔다가 고양시 덕양구 신원동에 있는 조그마한 송강마을에 잠시 들렀다. 송강마을이라 마을 안에는 송강문학관도 있다. 그런데 송강 정철의 고향도 아닌 이곳에 왜 송강마을이 있는 것일까? 마을 바로 뒤편 산기슭에 송강 정철의 부모 묘가 있는데, 송강은 35살에 아버지가 돌아가시자 3년간 시묘살이를 하고, 이어서 38살에 어머니가 돌아가시자 또 3년간 시묘살이를 하느라 이곳에 6년간 머물렀다. 그리고 그 후에도 대사헌으로 있다가 탄핵되었을 때, 4년간 이곳에 머물렀을 뿐만 아니라, 송강이 죽었을 때에도 처음에는 부모를 따라 이곳에 묻혔었다.

　마을 앞에 도착하여 차에서 내리니 바로 앞에는 송강 정철 시비들이 늘어서 있다. 그중에 정철이 강원도 관찰사로 있을 때 지었다는 훈민가가 눈에 띈다.

아바님 날 나흐시고 어마님 날 기르시니

두 분 곳 아니시면 이 몸이 사라실가

하늘 같은 가없는 은덕을 어데 다혀 갑사오리

어버이 사라신 제 셤길 일란 다하여라

디나간 후면 애닯다 엇디하리

평생애 곳텨 못할 일이 잇뿐인가 하노라

아하! 송강이 이런 시조를 지었으니, 자기 자신도 계속하여 6년간 시묘살이를 한 것인가? 훈민가를 보면서 마음에 드는 것은 한글을 무시하고 한시만 짓던 당시 양반들과 달리 송강은 이렇게 한글 시도 지었다는 것이다. 그런데 시비들을 보다 보니 송강의 시비뿐만 아니라 송강의 문하였던 석주 권필이 이곳을 지나면서 쓴 한시 시비도 보인다.

낙엽 진 텅 빈 산 빗소리 스산한데

풍류 재상 말없이 여기 누우셨구나

슬퍼라 한 잔 술 권해 올릴 수 없음이여

지난 날 장진주사 이날을 이름이셨구려

시에 나오는 '장진주사'는 정철의 장진주사(將進酒辭)를 말함이리라. "한 잔 먹새근여 또 한 잔 먹새근여. 곳 것거 산 노코, 무진무진 먹새 근여" 학교 다닐 때 고전 공부하면서 이 장진주사를 흥얼대던 생각이 난다. 석주는 동악 이안눌과 함께 당대의 최고 시인으로 손꼽히는 분 으로, 단순한 풍류시뿐만 아니라 사회 비판적인 시도 썼다. 그렇기에 오늘날 조선의 양반들을 프롤레타리아를 착취하는 부르주아로 보는 북한에서도 석주는 인정을 받고 있다. 그런데 석주는 결국 이런 비판 적인 시 때문에 죽게 된다. 이왕 말이 나온 김에 이에 대해 좀 더 얘 기해보자. 1611년(광해 3)에 치러진 별시문과에서 임숙영이 왕실 외 척의 전횡을 비판하는 대책문(對策文)을 답안으로 제출하여 합격하였 었는데, 나중에 이게 문제가 되어 합격이 취소된다. 그런데 석주가 이 얘기를 듣고 이를 풍자하는 시를 쓴 것이다.

> 궁궐의 버들은 푸르고, 푸른 꽃잎은 어지러이 흩날리는데
> 성 안에 가득한 벼슬아치들은 봄빛에 아양을 떠네
> 조정에서는 모두들 태평세월을 치하하는데
> 그 누가 선비의 입에서 바른 말이 나오게 하겠는가

한 번 읊어보아도 단번에 아첨만 하는 신하들만 있는 조정을 꼬집 은 것임을 알 수 있겠는데, 시구 중에 궁류(宮柳)가 문제가 되었다. 이는 단순히 궁궐의 버드나무만 뜻하는 것이 아니라, 당시 세도를 부

다섯 손가락

리던 광해군의 처남 유희분을 가리키는 것으로 해석된 것이다. 그래서 이 시를 궁류시(宮柳詩)라고 한다. 게다가 유희분은 궁류가 왕비를 가리키는 것이라고 광해군을 부채질하여, 이에 불같이 화가 난 광해군은 이덕형과 이항복 등의 대신들이 만류함에도 불구하고 석주를 곤장으로 다스린 후 귀양을 보낸다. 혹독하게 곤장을 맞았으니 몸 성히 걸어 나왔겠는가? 권필은 들것에 실려 동대문 밖으로 나와 하룻밤 머문다. 이때 권필은 그를 위로하려고 온 친구들이 주는 술을 벌컥벌컥 들이마셨다가 그만 장독이 도져 귀양도 가지 못하고 죽은 것이라고 한다.

이제 마을 안으로 들어가 본다. 그런데 송강문학관은 문이 닫혀 있고, 문고리에는 송강의 작품 몇 개를 출력해놓은 유인물만 매달려 흔들흔들 하고 있을 뿐이다. 개장 시간이 아닌가? 문틈으로 들여다보아도 실내가 정돈이 되어 있지 않은 게, 특별한 일이 없으면 문을 열지 않는 모양이다. 고양시에서는 매년 이곳에서 송강문화제를 연다고 하던데, 그때나 문을 여는 것인가? 무덤들이 있는 마을 바로 뒤편으로 올라간다. 여러 무덤들 중에 내가 찾고자 하는 무덤이 바로 앞에 있다. 바로 송강이 사랑하던 기생 강아(江娥)의 무덤이다. 사실 나는 기생 강아의 무덤을 보고자 일부러 짬을 내서 이곳에 들른 것이다.

강아는 송강이 1582년 전라도 관찰사로 갔을 때 사랑에 빠진 남원 동기(童妓) 자미(紫薇-백일홍)를 말함이다. 송강이 직접 머리를 올려

| 정철이 사랑한 기생 강아의 묘 |

준 기생이라, 송강의 '강' 자를 따서 강아라고 부르는 것이다. 흐~음
~~ 율곡 이이는 자기를 수청 들러 들어온 기생 유지를, 이제 갓 피
어나는 어린 기생을 차마 꺾지 못하겠다고 정신적 사랑만 나누었다는
데…. 대유학자와 호방한 풍류가의 차이인가?

　강아의 무덤을 바라본다. 비석에는 '義妓 江娥 墓'라고 쓰여 있다.
보통 '누구누구의' 할 때는 어조사 '之' 자를 넣는 경우가 많은데, 이
비석에는 빠져있다. 아무래도 '之' 자를 넣으면 '강아지묘'로 읽히니
까, 뺀 것 아닐까하고 다소 우스운 추측을 해본다. 비석 뒷면에는 송
강이 자미의 아름다움을 찬양한 시가 새겨져 있다.

「詠紫薇花(영자미화)」

園春色紫薇花(일원춘색자미화)

　　　　　　　　　　　　　　　　　　　　다섯 손가락

봄빛 가득한 동산에 자미화 곱게 펴

繞看佳人勝玉釵(재간가인승옥채)

그 예쁜 얼굴은 옥비녀보다 곱구나

莫向長安樓上望(막향장안누상망)

(자미야!) 망루에 올라 장안을 바라보지 말라

滿街爭是戀芳華(만가쟁시연방화)

거리에 가득한 사람들 모두 다 네 모습 사랑하리라

자미가 얼마나 아름다웠으면 송강이 이런 시를 지었을까? 이 시는 송강이 1년 후 도승지가 되어 서울로 올라가면서 쓴 시라는데, 시에서 아름다운 자미를 두고 가야 하는 안타까움과 질투심이 배어 있는 것 같다. 그런데 아무리 송강이 사랑한 기생이라지만 남원 기생의 무덤이 왜 여기에 있는 것일까? 강아는 자신의 동정을 바친 남자 송강을 잊지 못했나 보다. 1591년 송강이 선조에게 광해군을 세자로 책봉할 것을 건의했다가 신성군을 총애하던 선조에게 미움을 사 강계로 귀양 간 적이 있다. 이 소식을 들은 강아는 송강을 만나러 그 먼 강계까지 갔었다고 한다. 그런데 그 다음부터는 전하는 얘기가 조금 엇갈린다. 처음엔 송강을 만났는데, 두 번째로 찾아갔을 때는 임진왜란이 발발하여 송강이 복직되어 못 만났다고 하기도 하고, 처음 강계 갔을 때부터 송강이 복직되어 떠나 못 만났다고도 하고….

그런데 정철이 강계 유배 중에는 또 기생 진옥과의 사랑 이야기가 유명하다. 두 사람 사이에 주고받은 시가 있는데, 송강이 자신의 거시기를 살송곳에 비유하고, 진옥이 자신의 거시기를 골풀무에 비유하는 등 좀 야한 시다. 야한 시라고 하니까 부쩍 귀가 댕길 분들이 있을 것 같은데, 그럼 이 시도 인용해볼까?

옥이 옥이라커늘 번옥(燔玉)만 여겼더니

이제야 보아하니 진옥(眞玉)일시 분명하다

나에게 살송곳 있으니 뚫어볼까 하노라

(*번옥: 돌가루를 구워 만든 옥)

철이 철이라커늘 섭철(憪鐵)로만 여겼더니

이제야 보아하니 정철(正鐵)일시 분명코나

내게도 골풀무 있으니 녹여볼까 하노라

(*섭철: 정제되지 않는 철)

어떤 이는 진옥과 강아를 동일 인물로 본다. 아니? 청순한 강아가 그 사이 이런 야한 시를 주고받을 정도로 농염한 여인이 되었나? 글쎄…. 나는 진옥은 강아가 아닌 송강이 강계에서 만난 다른 기생으로 믿고 싶다. 아무래도 야사이다 보니 정확한 이야기를 알 수 없다. 하여튼 강계까지 갔다가 송강을 만나지 못한 강아는 다시 내려가다가 의병장 이량의 권유로 적장 고니시 유키나가(小西行長)을 유혹하여 평

다섯 손가락

양성 탈환에 공을 세웠다고 한다. 이 또한 평양기생 계월향에게도 비슷한 얘기가 있다. 아무래도 이 이야기는 강아를 더 돋보이게 하려고 계월향 이야기를 강아에게 덧붙인 것 아닐까?

정철은 임진왜란 발발 다음 해인 1593년에 죽어 여기 송강마을의 아버지 옆에 묻힌다. 정철은 죽었지만 강아는 송강을 잊지 못한다. 어느 날 강아가 소심(素心)이란 비구니가 되어 송강의 무덤을 찾아온다. 그리고 송강의 묘를 떠나지 못한다. 강아가 어느 때 죽었는지 정확한 기록은 나오지 않지만, 강아가 죽었을 때 사람들은 송강 옆에 저렇게 강아를 묻어준다. 사람들이 여기다 묻겠다고 하여 되는 것은 아닐 테고, 송강의 문중에서도 강아의 이런 사랑에 감복하여 이곳에 묻히도록 했겠지.

그런데 정작 송강의 무덤은 여기에 보이지 않는다. 송강의 무덤은 어디로 간 것일까? 충북 진천군 문백면 봉죽리에 송강의 무덤이 있다. 우암 송시열이 이곳이 명당이라고 하여, 1665년에 손자 정양이 이장하였다고 한다. 후손들은 그곳이 명당이라고 하니 송강의 무덤을 그리로 옮기면 후손들이 부귀영화를 누리리라 생각하였나? 어쨌든 송강의 후손들은 송강과 송강의 본처만 그리로 모셔가고, 이곳에는 님을 잃은 강아만이 홀로 남아있다.

다시 강아의 무덤을 바라본다. 어찌 보면 송강은 강아를 자기가 임지에 가면 만나는 기생 중 하나로밖에 여기지 않았을 수도 있었는데,

강아만이 유독 자기의 처녀를 바친 송강을 잊지 못한 것이 아닌가 하는 생각도 든다. 강아를 바라보는 나의 마음이 애틋해진다. 강아여! 아니 자미여! 400년 후손이 잠시나마 당신을 만나고 떠나갑니다. 발길은 돌아서지만 나의 눈은 자꾸 강아를 바라보게 된다. 이럴 줄 알았으면 술을 가져와 강아에게 한 잔 바칠 것을…. 아까 송강마을에서 올라오던 길로 다시 든다. 오른쪽으로 길을 계속 올라가면 송강고개다. 그리고 송강고개를 넘으면 나오는 공릉천에는 송강보(松江洑)도 있고, 또 근처에는 송강이 울적할 때 낚시를 하던 송강낚시터도 있다고 한다. 요즈음 지자체에서 이런 좋은 소재를 모른 체 할 리가 없겠지. 고양시에서는 이러한 송강의 이야기를 따라가는 송강누리길을 만들었다. 기회가 되면 송강누리길을 따라 걸으며 송강과 강아를 다시 만나리라.

다섯 손가락

건축은 삶이다

· 임창복 ·

건축은 인문적 측면과 함께 예술, 공학, 경제, 사회적 측면도 가지고 있다. 따라서 건축의 인문적 측면을 조명해 보려는 시각이 자칫 건축의 내용을 본의 아니게 오도하지 않을까 하는 우려가 없지 않다. 그러나 현재 우리사회에는 건축과 도시를 바라보는 인문적 시각이 크게 부족하기에 다른 필자들의 글과 함께 읽혀지면 좀 더 통합적으로 건축을 바라보는 계기가 되지 않을까 하는 바람을 가져 본다.

현대 건축의 아버지인 스위스 태생의 프랑스 건축가 르 꼬르뷔제(1887-1965)는 "삶 자체가 하나의 건축이다.", "모든 것은 결국 사라지고 만다. 전해지는 것은 결국 사유뿐이다."라고 언명했다. 그는 일찍이 건축에서 '사유'라는 인문적 시선이 얼마나 중요한지를 간파해 낸 것이다.

사진자료: 서울신문사 제공

알파하우스, 누정건축에서 배우다

●

●

●

●

●

    필자는 가평에 일과 휴식 그리고 문화생활을 꿈꾸며 '수헌정(樹軒亭)'이라 이름 하는 집을 지었다. 그런데 이 집의 성격은 살림이 주목적이 아닌 또 다른 형식의 거주공간이어서 '알파하우스'라는 이름을 붙여 보았다.

    건축 분야에서 일반적으로 '알파'는 '용도가 정해지지 않은 공간'을 품고 있다는 뜻으로 사용된다. 알파룸이라 하면 입주자의 선택에 따라 오픈 형 서재로 만들거나 벽을 올려 방이나 수납공간으로 변형할 수 있는 공간을 말한다. 이런 알파룸의 확장 개념이 바로 알파하우스다. 즉, 일상적인 주거 기능보다 개성 있는 라이프스타일과 취미생활을 염두에 둔 집이다.

    그동안 우리나라는 아파트 분양이 넘쳐나서 전국 방방곡곡에 아파

| 정자에서 보듯 커다란 대청마루가 있는 수헌정 |

트가 들어서고 있다. 혹자는 우리나라를 일컬어 아파트 공화국이라고까지 한다. 언제부터인가 아파트는 거주지의 대명사가 되었다. 이렇게 아파트가 전 국민으로부터 호응을 받는 이유에는 여러 가지가 있다. 그 중 무엇보다도 생활의 편리성과 환금성이 좋다는 것이 다른 주택보다 선호되는 이유일 것이다. 그러나 곰곰이 생각해 보면 아파트가 우리의 주거 욕구를 필요하고도 충분하게 충족시켜 주느냐에 대해서는 이견이 있을 것 같다.

아파트는 주거환경만을 놓고 볼 때 개인만을 위한 외부공간이 없기도 하고, 내부에 개인의 사회적 기능을 담는 공간이 부족해 서로 교류하기에 어렵다. 먹고 자는 기본적인 생활이야 충족된다고 하지만, 휴식을 취한다든지 나아가 창작 활동이나 문화 활동까지 염두에 둔다면 아파트라는 공간은 그 소임을 다하기에 부족하다.

이런 아파트 생활에 대한 염증에서인지 최근에는 전원에 작업과 휴식이 가능한 자신만의 공간을 지어 개성이 있는 삶을 살아가는 사람들이 늘어나고 있다. 양평이나 가평, 헤이리 등지에 가면 작업공간이 딸린 집이 제법 많다. 전시공간이나 작업 공간 또는 음악 감상실 등을 만들어 열린 공간으로 운영하는 사례를 심심치 않게 본다. 이러한 주택들이 지어진 배경에는 일과 휴식에 대한 개념이 과거와는 달라지고 있는 인식이 자리 잡고 있다.

도시사회학자 레이 올덴버그는 행복해지려면 '가정'과 '일터' 외에도 '제3의 공간'이 필요하다고 주장한다. 음식이나 커피는 집에도 있지만 구태여 우리가 레스토랑이나 카페에 가는 이유는 집에서는 느낄 수 없는 분위기를 즐기며 일상을 벗어난 공간에서 편하게 이야기할 수 있기 때문이다. 그리고 가끔은 다른 사람 눈치 보지 않고 시간을 보낼 수 있는 공간이 필요할 때도 있다.

집에서 문화를 즐기자는 '집들이 콘서트'의 유행 역시 같은 맥락에서 이해할 수 있다. 평소 알고 지내는 어느 작곡가는 자신의 집에서 가곡을 발표하고 노래를 지도하기도 한다. 그런가 하면 은퇴 후 그림을 그리거나 악기를 배우는 사람이 제법 많은데, 이들이 모두 전문가 수준의 전시회나 정식 공연을 염두에 두고 있는 것은 아니다. 다만 집처럼 편안한 공간에 가까운 사람들을 초대해서 발표회를 하는 것만으로도 커다란 즐거움이 될 수 있기 때문이다. 하지만 개인의 프라이버시를 우선시하는 아파트와 같은 공간에서는 이런 기능을 담아내기가 쉽지 않을 것이다. 이제 우리는 살림집이 아닌 다른 성격의 공간이 필요한 시대를 맞고 있는 것이다.

그럼에도 전원에 나와서까지 아파트 공간을 답습하여 또 하나의 '살림집'을 짓는 경우도 많이 본다. 이런 경우 자신이 좋아하는 일이나 취미를 향유하는 개성 있는 집, 자연스런 만남이 이루어지는 열린 집과는 거리감이 있다.

그러다 보니 알파하우스를 어떤 형식으로 구성하느냐를 두고 나름대로 많은 고민이 있었다. 이런 꿈을 안고 필자는 국내외의 사례를 살펴보았지만 크게 참고가 되지 않았다. 대개 도시 내의 고급저택이거나, 교외에 지어진 집이라 해도 커다란 폐쇄형 별장 스타일이 대부분이었다. 그런 큰 규모의 주택은 필자가 꿈꾸던 개방형 공간은 아닌 것 같았다.

그러던 차에 오히려 과거 선비들이 머물기를 즐기고 갖고 싶어 했던 '정자'가 새롭게 다가왔다. 작지만 고즈넉이 아담한 공간, 정자 말이다. 정자는 비어있기에 다양한 활동이 가능했다. 옛 시절 선비들은 경치 좋은 곳에 누정을 짓고 자연을 즐기며 학문을 연마했다. 살림집에 사랑채가 있음에도 어느 정도 거리를 두어 온전한 휴식과 집중을 취할 수 있도록 별도의 공간을 마련한 것이다.

사랑채가 남성 고유의 영역이라고는 하지만 시(詩), 서(書), 화(畵)를 한다든지 친구들과의 교류로 인해 안채에 거주하는 다른 식구들에게 종종 방해가 되는 경우도 있었을 것이다. 따라서 사랑채를 집 밖으로 옮겼다고 할까, 한 공간에 코 맞대고 사는 사람들과 잠시 떨어져 일상 부대낌에서 오는 불편함을 해결해 주는 게 정자가 갖는 기능적 특성이다. 그래서 정자는 그 성격에 따라 정사나 서당, 또는 별서 등 여러 가지로 불리기도 했다.

정자가 위치한 지역이나 주인의 관심이 다르더라도 일반적으로 정자는 몇 가지 공통적 특징을 지니고 있다. 정자에는 우선 '분채의 미학'이 존재한다. 하나의 커다란 단독 주택을 짓기보다는 작은 별채를 두는 게 일상생활과 휴식의 기능을 함께 충족시킬 수 있는 지혜로운 구조라는 생각이 깃들어 있는 것이다. 통상 디자인 원리로만 보면 하나의 대지에 필요한 모든 기능을 합리적으로 배치하면 그만이라는 기능주의적 관념에 사로잡히는 경우가 많다. 그러나 정자는 주거 기능 중에서 서로 상충되는 경우 분리하여 거리를 두는 것도 또 다른 하나의 해결책이 될 수 있음을 일깨워 주고 있다. 이는 '심리적 이격(離隔)의 가치'를 이해한 결과로 볼 수 있다.

또한 정자는 '열린 극소 공간의 가치'를 일깨워 준다. 정자는 우선 그리 크지 않은 공간이다. 대개 외기에 노출된 마루를 포함해도 10평 내외의 규모이고 온돌방은 겨우 두 사람이 잘 수 있는 1.5평 정도가 전부다. 아주 작은, '극소 공간'이라고 할 수 있다. 그럼에도 이 공간은 비워져 있기에 그 활용도 면에서의 융통성은 아주 크다. 극소의 공간으로 무한대의 외부공간을 품어낼 수 있는 것이다.

담양에 있는 '면앙정'은 조선중기의 송순(1493-1592)이 관직을 버리고 고향에 내려와 지은 정자이다. 이 작은 정자에서 그는 우리 가사 문학을 대표하는 '면앙정가'를 남겼다. 그런가하면 하회마을 부용대 쪽에 서애 류성룡 선생이 마련한 '옥연정사'에서는 그가 임진왜란에 서 겪은 경험을 토대로 『징비록』을 집필했던 곳으로 유명하다. 그리 고 퇴계 이황 선생의 작은 '도산서당'에서도 그의 대표적인 학술 작업 이 이루어졌다는 사실에서 공간의 크기보다는 비록 작더라도 융통성 이 있는 공간이 보다 다양하게 활용될 수 있음을 깨닫는다.

정자는 비록 조선시대의 작은 별서 공간에 불과하지만 그것은 '분 채의 미학'과 '극소 공간의 미학'이 현대 건축에서도 필요함을 일깨워 주고 있다. 알파하우스로 지어진 수헌정이 채용한 개념이다.

서재, 일터인가 쉼터인가

●

●

●

●

●

　서재의 사전적 의미는 '책을 쌓아두고 글을 읽는 방'이다. 따라서 서재의 지배권이 누구에게 있어야 한다는 선입견은 불필요하고 무의미하다. 그럼에도 최근의 아파트에서는 서재와 같은 자신만의 공간이 없다고 푸념하는 중년남성들이 많다. 직장에서 일을 마치고 집에 돌아와도 편하게 쉴 만한 곳이 마땅치 않기 때문이다. 거실에서 텔레비전을 보려면 공부하는 아이들 눈치가 보이기 일쑤고, 그렇다고 안방에 들어가 무료히 시간을 보내기도 쉽지 않은 노릇이다. 세월이 변하여 이제는 자신만의 공간 하나 없이 살아가는 게 요즘 가장의 신세다.

　서재란 책을 읽으며 쉴 수 있는 곳을 의미하나 상황이 이러하니 진정 호젓한 공간을 원하는 남성들은 간섭 받지 않고 혼자 있을 수 있는 '나만의 공간'으로 서재를 쓸 수 있길 희망하는 경우가 많다. 남성

다섯 손가락

들이 이렇게 자기만의 방을 갈구하게 된 데에는 주택 공간의 대부분이 이미 여성화, 아동화 되어 있는 것이 한 가지 원인이 아닐까. 안방이나 주방은 본래 여성들의 주도하에 놓여 있고, 거실도 그 지배권이 거의 여성에 속한다. 그러다 보니 남성들은 집안의 어느 곳에 앉아 있어도 늘 좌불안석이다. 자기만의 조용한 시간을 갖기가 쉽지 않다.

과거 남성이 가부장으로 역할을 하던 시대로 거슬러 올라가 보면 커다란 사랑채의 주인은 당연히 남성이었다. 안채가 금남의 구역이었다면 사랑채는 아낙들이 시선을 주는 것조차 어렵게 만든 남성중심의 공간이었다. 안마당에서 사랑채를 향하는 방향은 벽으로 막혀 있거나 작은 문을 달아 시선을 차단시켰다. 이런 공간에서 남성들은 자신의 학문을 연마하기도 하고 제자 교육을 하기도 하며, 때에 따라서는 친구들과 담소하는 등 사회적 활동을 했다. 이후 남성과 여성의 생활공간을 사랑채와 안채로 분리하던 시대를 보내고 가족중심으로 공간구조가 바뀌면서 현관 입구 쪽에 응접실이나 서재를 마련해 두기 시작했다. 응접실이란 외부의 손님을 맞이하고 환담을 나누는 곳이었고, 서재는 보통 주인의 개인적 공간이었다.

일제 강점기의 대부호였던 박흥식 씨는 가회동의 저택에 응접실과 서재 모두를 갖고 있었다. 접견할 외부 손님이 많았고, 또 자신만의 공간이 필요해서였을 것이다. 이때 응접실은 현관에서 가까운 곳에 두었고, 서재는 내부에서 좀 더 쉽게 접근이 가능한 위치에 두었다. 도상학적으로 보면 응접공간은 조금은 공적 성격이 있고, 서재는 사적 성격을 지닌다는 생각이 자리하고 있었기 때문인 것 같다.

그렇지만 주거 면적에 제한이 있는 일반인들은 단순히 응접만을 위한 응접실 대신 '응접실 겸 서재'라는 이름의 공간을 택하는 경우가 많았다. 이러한 공간 사용 의식은 해방 이후에도 큰 규모의 저택을 지을 때면 응접실이나 서재를 '단골'로 들이고, 남성이 그 공간의 주인이 되도록 했다. 그러나 도시화가 진전되고 아파트가 일반 단독주택을 대신하는 거주 공간으로 자리 잡을 즈음 아동에게도 독방을 주는 대신 남성이 지배권을 갖고 있던 응접실이나 서재는 점차 사라지게 된다.

한때 아파트에서 거실을 서재로 꾸미는 것이 유행한 적이 있다. 벽면을 이용해 서가를 두고 쉴 수 있는 소파를 두어 서재기능을 담았다. 그러나 이 아이디어는 그리 오래가지는 못한 것 같다. 물론 책을 꽂아 두고 책을 읽을 수 있는 서재로서의 단순한 기능은 했을 것이다. 그러나 애초 아버지와 남편들은 서재를 자기들만의 장소로서 원했다. 누구의 방해도 받지 않고 틀어 박혀 있을 수 있는 공간이 절실한데, 가족들의 시선과 모든 동선이 모이는 거실 한가운데에 나앉아 있어야 하다니.

과거 남성들이 가부장으로서 공적인 역할은 사랑채에서 하고, 개인적인 일은 정자에서 하고자 했듯이, 남성이라면 누구나 자신만의 공간, 지극히 개인적인 공간을 갖고 싶어 한다. 그런데 남성들의 이런 욕구가 현대의 아파트 생활로는 채워지지 않고 있는 것이다.

서양에서는 서재를 일과 여가를 오가는 작은 일탈의 공간으로 본다. 건축가이자 저술가인 에드윈 헤스코트는 서재를 일상적인 일, 골치 아픈 가정사에서 탈출하여 자신의 개성을 찾을 수 있는 지극히 사적인 공간으로 규정한다. 이런 공간에서 자기가 좋아하는 책에 둘러싸여 부담 없이 이 책 저 책을 빼보며 독서 삼매경에 들 수 있다면 그야말로 커다란 즐거움이 아닐 수 없다는 뜻이다.

　그러나 현실적으로 볼 때 서재가 그런 개인적 즐거움만으로 가득한 공간이 되기는 힘들다.

　에드윈 헤스코트가 서재를 휴식처이자 일하는 공간이라고 여긴 것은 서재에 작업실 기능도 따른다고 생각해서일 것이다. 그는 일과 휴식이 함께 있는 공간이 서재의 본 모습이라고 본 듯하다. 그래서인지 서양이라고 해도 개인의 취향에 따라 서재의 모습은 각양각색이다. 패션 디자이너 칼 라거펠트의 서재는 서재인지 서점인지 분간이 안 될 정도로 방대한 서가를 자랑한다. 이는 보여주기 위한 공간의 성격이 짙다. 그러나 미국의 가수 겸 배우 프랭크 시나트라는 소박해 보일 정도로 편안하고 작은 규모의 서재를 갖고 있었고, 영화감독 우디 앨런은 독서를 위한 서재라기보다 지인들과 커피 한 잔 하면서 담소를 나눌 수 있는 편안한 공간으로 활용하고 있다. 서재에 응접 기능을 갖춘 것이다. 이런 형태의 서재는 지극히 사적이지만 동시에 외부 인사와 만나기도 하는 공적 기능을 함께 내포하고 있다.

　퇴계 이황 선생이 말년에 학문에 정진했던 도산서당은 서재가 갖추어야 할 이런 본질적 기능을 완비한 것으로 보인다. 서당 내의 온돌방 '완락재(玩樂齋)'는 몸과 마음을 깨끗이 하며 글을 읽던 곳이며, 마루 공간 '암서헌(巖棲軒)'은 공부로 피로한 심신을 달래주며 동시에 손님을 접대하기도 했다. 말하자면 일과 휴식의 기능을 하나의 채에 마련해 두었던 것이다.

대학교수들은 대부분 연구실을 하나씩 배정받는다. 크지는 않지만 교수들은 연구실을 자신만의 '서재'로 꾸미기 위해 많은 노력을 기울인다. 대부분 벽 쪽에는 책장을 배치하고, 책상을 하나 둔 다음 소파를 놓는다. 책상에 앉아서 연구나 일을 하다 쉬고 싶거나 손님을 맞이할 때는 소파를 이용하는 방식이다. 그런데 대학 사회에서 개혁이라는 이름의 변화가 불면서 소파는 없어지고 점차 회의용 테이블이 대신 들어서고 있다. 앉아서 차를 마시며 담소하며 생각하는 시간보다는 오직 일에만 매진할 것을 은연중 강요하는 분위기라 할까.

하지만 과연 책상과 테이블을 놓고 일만 하는 공간이 연구실의 이상적인 모습일까, 그렇게 공간을 개조하면 연구의 성과물이 더 많아질까, 하는 의구심이 들 때도 있다. 일하는 공간일수록 바로 옆에 쉴 수 있는 곳이 마련되어야 능률적인 연구가 이루어지는 것이 아닐까 하고 말이다. 서재가 창의성이 잉태되는 효율적 기능을 하려면 인간의 여가 욕구도 염두에 두어야 함을 잊지 말아야 한다. 서재 공간의 이런 이중적 본질을 이해하는 소위 명사들은 서재를 다양하게 해석하며 자신만의 고유함을 반영하기 위해 노력한다. 시 쓰는 이해인 수녀

다섯 손가락

는 자신의 서재를 '마법의 성'이라고 불렀다. "나에게 서재는 마법의 성과 같아요. 즐겁게 취미 생활을 할 수 있는 놀이터가 되기도 하고, 어떤 시상이 떠올랐을 때 글 쓰는 작업실도 되고요." 동시에 '좋은 책을 찾아 읽는 도서실이며, 지인들과 함께할 수 있는 만남의 장소가 되기도 하는, 즉 모든 것이 될 수 있는 마법의 성 같은 장소'라고 풀이한다. 서재는 일을 하는 곳임에 틀림없으나 이 공간이 창의적 공간으로서 기능하려면 얼마만큼 편하게 또 의미 있게 쉴 수 있는 공간이 곁들여져야 하는지를 고민해야 할 것이다.

교회건축 이제는 변해야 한다

●

●

●

●

●

　제법 오래전 일이지만 언젠가 외국 출장 후 돌아오면서 김포공항이 가까워진 밤하늘 아래를 내려다보다가 반짝이는 무수한 적색 네온사인에 다소 놀란 적이 있다. 지상에서는 무심코 지나쳤음에도 상공에서 내려다 본 그것의 정체를 파악하기까지 약간의 어리둥절한 혼란을 느꼈다. 하지만 그것은 모두 교회의 십자가라는 것을 곧 알게 되었다. 그 수효가 많음에 놀라기도 했지만 깜깜한 어둠속을 도발적으로 밝히는 '적색 십자가'의 대비적 모습은 십자가의 상징인 마음의 평안보다 어떤 기이한 불안 조성 물체처럼 뇌리에 박혔다. 이후로도 오랜 동안 편하지 않은 잔상으로 남아 이 시대 교회는 과연 도시민들에게 어떻게 자리 잡아야 하는지 새삼 자문을 하게 만든다.

　한용상의 『교회가 죽어야 예수가 산다』라는 에세이집이 한때 파문을 일으킨 적이 있다. 그의 책은 '종교가 도둑정신에 오염되어 사회가 처한 영적 위기를 교회가 담당하지 못한다'는 말로 포문을 연 기성 교회와 교단을 비판하는 내용을 담고 있다. 저자는 한국교회가 기복 신앙과 성장 제일주의에 빠져 이웃에 봉사하는 모습은 사라지고, 이기주의적이며 주술적 신앙을 배양하는 온상으로 전락하고 있다고 강하게 비판했다. 급격한 거대화와 상업화의 경향으로, 신앙 공동체가 아닌 '종교기업'으로 군림하려 한다는 게 그의 비판 요지이다.

기독교계 신문 광고를 보면 '교회매매, 건평 160평 오피스텔 건물, 교회확장 이전관계로 매매'라는 식의 문구가 공공연히 인쇄되어 있고, '좋은 자리 저렴한 비용으로 예배당을 확장할 수 있는 기회' 등 매물로 나와 있는 교회가 적지 않다. 아파트 평수 늘려 가는 것처럼 교회도 외형적 덩치를 키워가는 것이 당연한 것처럼 여겨지는 추세이다. 이런 사회적 분위기 속에서 이른바 대형교회가 여기저기에 들어서고 있다. 여의도의 순복음 교회를 비롯해 강남의 소망교회, 광림교회, 충현교회가 오래 전에 완공되었고, 얼마 전에는 사랑의 교회가 위압적으로 등장했으며, 이에 질세라 새문안 교회의 대형화 공사가 현재 진행 중이다.

얼마 전 우연히 예의 대형 유명교회인 강남의 한 교회를 방문했다. 지하에 마련된 거대한 예배공간은 건축적으로 볼 때 어느 곳 하나 부족함이 없는 거의 완벽한 공간임에 틀림없었다. 많은 교인들의 진출입을 위해 마련된 넉넉한 현관이나 로비와 복도, 엘리베이터에 의한

동선 처리, 대형스크린과 고성능 스피커, 조명에 이르기까지 어디 한 군데 불충분한 곳을 찾기란 힘들었다. 그럼에도 그 완벽함 속에서 느껴지는 허탈함과 생경함은 어디에서 기인한 것이었을까. 그것은 바로 신앙의 본령인 내적인 힘, 예배를 드리는 공간이라는 교회의 본질이 상실된 데서 오는 실망감이었다. 교회가 '교회다워'야 하는데 거대한 집회장 같다는 인상을 받았던 것이다.

중세 시대처럼 현대의 교회 또한 거대한 기념비적 건축물의 이미지를 남기고자 하나, 그 결과는 회의적인 경우가 많다. 제 아무리 위용 있게 높이 올라가고 현란하게 팔을 뻗는다 해도 교회 입지가 갖는 도시적 컨텍스트가 이미 크게 변해 버렸기 때문이다. 중세 때에는 교회의 처마선 이상으로는 다른 건물을 짓지 못하도록 하는 규제로 인해 교회가 한 도시 건축물의 대표성과 상징적 중심이 되었고, 도시 전체 속에서 방향성을 제시하는 랜드 마크로서의 이미지 창출이 가능했다. 그러나 현대는 교회건물이 아무리 높아도 대개는 웬만한 아파트보다도 낮을 수밖에 없다. 여타 상업건물과는 높이와 규모면에서 더더욱 경쟁이 안 된다. 따라서 웅장한 외견으로 도시 속에서 교회의 존재를 알리려고 경쟁하는 것은 의미가 없어져 버린 게 오늘날의 현실이다.

최근 나타나는 교인의 감소현상을 염두에 둔다면, 이제부터라도 교회의 규모를 줄여나가는 현실 인식이 필요하다. 신설교회는 물론 기존의 대형교회도 어떻게 규모를 작게 하고 축소할 것인가에 대비해

다섯 손가락

야할 것이다. 지난 60년대의 경제학자 에른스트 슈마허의 '작은 것이 아름답다: Small is Beautiful'는 주장은 현대 사회에서 비로소 유효한 언명이 될 수 있다.

당시, 사회의 모든 분야에서 '거대화'가 추구되던 시기에 그 부정적 측면을 암시한 이 주장은 매우 많은 것을 함축한다. 아무리 좋은 것이라 해도 크게만 하다보면 그 역기능이 있음을 지적한 것이다.

인간의 종교적 믿음과 가치를 생각해 볼 때 교회는 다른 어떤 장르보다도 내면적 가치를 내포한 예술성과 상징성이 요청되는 건축물이 되어야 한다. 규모는 작더라도 혼잡한 도시 속에서 '작은 오아시스'나 '원석 혹은 보석'과 같은 공간으로 인식될 수 있도록 그 규모를 아담하게 하는 노력이 필요하다. 규모가 작으면 그만큼 공사비가 덜 드는 반면 밀도 있는 마감이 가능하기 때문에 건축물의 질적 수준 향상에도 유리한 면이 많다.

또한 교회 건물이나 구조를 기독교의 토착화와도 연계해서 생각해 보아야 한다. 그동안 한국의 개신교는 제례와 복식, 찬송가 내용 등 여러 분야에서 한국적 정서를 반영한 토착화의 방향을 모색해 왔다. 늦은 감이 있지만 이제라도 한국인의 문화와 관습이 녹아든 우리에게 친숙한 '공간'에 대해서도 관심을 가질 필요가 있다. 즉, 천편일률적인 서양 교회 모델을 벗어나 우리에게 익숙한 독특한 마당 개념을 구축한다든지, 또는 대청처럼 기후 여건에 따라, 용도에 따라 조절해서 쓰는 공간개념 등을 응용해 볼 수 있을 것이다.

서양에서도 성당 주 건물 앞에는 종교적 의미의 광장이 있었다. 말씀을 듣기 위해 교회 안에 머무는 시간도 중요하지만 교인들이 외부 공간에 모여 함께 친교를 나누는 활동도 매우 중요하기 때문이다. 필자의 경우 한국전쟁이 끝난 후 처음 교회에 갔을 때의 인상이 아직도 생생하다. 동네 친구의 손에 이끌려 갔던 서울 변두리의 그 교회는 의자 없는 바닥에 그저 가마니만 쭉 깔려 있었다. 신발은 입구에서 벗어서 신주머니에 넣어 가지고 들어갔던 기억이 새롭다. 그때만 해도 좌식생활에 익숙해선지 교회라는 경건함과 더불어 마치 집에 있는 듯한 친근감이 느껴졌다. 그 후 그 교회에도 의자를 들여놓았지만 가마니의 친밀함이 걷힌 공간에서 어린 필자는 어딘가 한동안 거리감을 느꼈다.

그렇다고 의자를 다 없애고 전부 가마니를 깔자는 말이 아니다. 현실적으로 큰 교회에서는 어려움이 있겠지만 작은 채플에서는 시도해 볼 수 있지도 않을까? 세상과 세속의 때를 묻히고 다닌 신발을 벗어 두고 경건하게 예배를 드린다는 시각에서 보더라도 신앙적 측면에서도 그리 나쁠 것이 없어 보인다.

사용하는 재료에서도 토착화의 의미를 새롭게 모색해볼 수 있는 방법은 많으리라 본다. 기독교가 서양으로부터 전래하고, 또 빛의 종교라 해서 유난히 백색을 즐겨 쓰고 있다. 그러나 빛을 투과시키는 창호지나 진흙과 같은 질감을 주는 재료를 사용하여 교회 내부와 외부를 마무리한다면 회중들에게 거리감을 줄여주고 친근감을 더해주지 않을까.

　한편 앞으로의 교회는 열린 교회가 되어 지역사회와의 만남을 고려한 교회건물이 되어야 할 것이다. 이때 열린 교회는 교회건물과 주변 도시와의 관계에서 열려 있어야겠지만, 내부 공간에서도 닫힌 방들이 지금보다는 훨씬 더 열려야 한다. 방의 개방성에 대한 새로운 사고에서 출발할 필요가 있다. 한국의 전래 공간 사용은 좀 더 개방적이며 융통성 있는 방식으로 연계되는 것을 선호한다. 그럼에도 현실은 각부 기관들이 사용하는 공간이 무슨 대단한 비밀을 요구하고 감추고 있는 방이라도 되는 양 제각각 벽으로 막혀있다. 이때 그 방에 면한 복도 쪽을 유리면으로 개방시키면, 방 안에서 어떤 활동이 일어나는지 알 수 있고, 또 복도를 지나는 사람도 내부의 활동을 감지할 수 있어 좁고 어두운 통로의 이미지를 개선할 수 있을 것이다. 작아서 부담되지 않고, 접근하기 쉬워 지역사회와 일상적으로 연계된 교회라야 지역주민이 아끼고 사랑하는 공동체적 삶의 중심이 될 수 있지 않을까.

시 청사는 시민센터로 거듭나야

지방자치제가 시행된 이래 우리사회에서는 새로 짓는 시 청사 건축이 눈에 띄게 늘어나고 있다. 부산이나 대전과 같은 대도시는 물론 안양, 시흥, 구리, 충주, 강릉, 부천, 군산 등 중소 규모의 지자체가 속속 새로운 시 청사를 완공했다. 이러한 새로운 시 청사 건립 추세는 대도시의 구 청사로 이어져 부산의 진구, 금정구, 인천의 남동구, 그리고 서울의 많은 구청들이 모두 청사를 새롭게 마련했다.

인구의 유입으로 도시의 규모는 팽창하고 이들 도시에 거주하는 주민들의 새로운 행정 수요가 증가하자 과거의 청사 규모로는 감당이 안 된다거나, 위치 상 자동차의 접근이 어렵다는 이유 등을 내세워 새로운 청사를 짓는 현상이 대세가 되었다.

그러나 많은 청사 신축이 비교적 단기간에 실현되고 건물의 성격에 대한 충분한 검토 없이 건립되다 보니 아직은 그 본래적 형태가 제자리를 잡지 못한 것 같아 아쉬운 부분이 있다.

최근 완성된 청사 건축을 보면 아직도 고층 지향적이며, 권위적인 모습을 담고 있는 것이 일반적이다. 그리고 청사 안으로 들어가려면 담장을 돌아 수위실을 거치고, 주차장을 거친 다음 계단을 지나서야 비로소 건물 내부에 발을 딛게 되는 경우가 많다. 뿐만 아니라 건물 안에 들어서면 또 다른 경비원이 서 있는 게 보통이고, 해당 행정 부서를 어렵게 찾아 가도 직원들 모두 골똘히 업무에 빠져 누구에게 민원 안내를 받아야 할지 당황스럽거나 망설여진다. 한마디로 시설의 형태나 공간이 지자체들이 표방하는 '봉사행정'이나 '열린 행정'과는 거리감이 있다. 청사에 담장을 두르고, 지상 주차장을 두며, 필요 이상의 계단을 설치한다는 것은 접근을 어렵게 하여 시민들과 격리된 권위적 환경을 은연중 만들어 가겠다는 관료주의적 표상일 수 있다. 문턱을 낮추고 문을 활짝 개방하여 친밀감을 갖고 쉽게 접근할 수 있는 '시민 문화공간으로서의 청사'라는 이미지는 아직까지는 구호에 그치고 있는 느낌이다.

몇몇 외국의 시 청사를 보면 '시청(City Hall)'은 더 이상 시민들 위에 군림하는 관청이 아닌 '시민센터(Civic Center)'화 되어가는 것을 볼 수 있다. 즉, 시 청사는 시민이 행정적 볼 일이 있을 때만 들르는 곳이 아니라, 가족과 함께, 또 동료와 함께 광장에서 벌어지는 각종 문화행사에 참여하기도 하고, 청사 내의 도서실이나 회의실을 함께 이

| 다양한 광장 활동이 가능한 토론토 시 청사 |

용하기 위한 일상적 장소인 것이다. 이처럼 시민 센터로 자리를 잡기 위해서는 내부 공간뿐 아니라 외부공간인 '광장'도 중요한 필수 공간으로 인식되어야 한다.

　중세 이래 서양 시민사회의 결과물로 형성된 '타운 홀 광장'은 시민문화의 결과로써 생겨난 장소이기도 하지만 바로 그 광장을 모태로 그들의 시민문화를 이어가기도 한다. 아마도 광장에 대한 이해 없이 서양의 시민 문화를 이야기하기는 어려울 것이다. 그래서인지 신생 국가의 새로운 시 청사 건축에서도 광장은 필수적 메뉴가 되고 있다.

　캐나다 토론토 시 청사는 날씨가 비교적 추운지방에 위치해 있음에도 수준 높은 광장이 마련되어 있다. 여름철에는 각종 공연이나 전시가 개최되고, 겨울철에는 분수로 이용되던 연못을 스케이트장으로 만들어 시민들이 부담 없이 모이는 장소로 활용한다.

다섯 손가락

그러나 우리나라의 경우는 도시의 외곽으로 옮긴 청사가 많아 외부 공간은 멀리 볼 일을 보려고 타고 온 자동차를 위한 주차장으로 채워지는 실정이다. 세계 유명 도시의 여러 시 청사를 방문해 보았지만 우리나라처럼 시 청사 주변의 지상 공간을 주차장으로 사용하는 곳은 찾아보기 힘들었다. 유럽은 물론이고, 자동차를 애용하는 미국의 시카고나 뉴욕과 같은 대도시 시 청사에서도 대부분 지상의 주차 공간 마련은 금기시하고 있다. 물론 시민의 접근성을 고려해 대중교통이 편리한 곳에 위치하고 있기에 가능한 일이기도 하지만, 지상에 주차장이 마련되면 그만큼 시민들의 옥외활동에 공간적 제약이 따르기 때문에 규제한 것이다.

시 청사 건축에서 시민 문화 활동에 대한 배려는 외부 광장에서만 끝나는 게 아니다. 선진 외국의 대부분 청사 내부 공간에서는 각종 기념행사나 공연과 전시가 가능하다. 일리노이 주 청사는 내부에 대규모 아트리움 광장을 들여놓고 주변에 아케이드 식 상가를 배치하여 각종 전시회나 약속 장소로 이용하도록 하고 있으며, 캐나다 스카보로 시 청사에서는 중앙 홀에서 각종 음악회가 열리기도 하고 연구회와 모임도 활발히 진행된다. 상상해 보라. 시 청사 건물에 들어섰는데 잔잔한 음악이 흘러나오는 분위기를. 아마도 시민을 위하는 봉사 정신과 서비스가 한결 증진된 형태를 쉽게 짐작할 수 있으리라.

스카보로나 일리노이 청사의 경우 사무 공간도 개방되어 있어 심리적으로 접근이 용이한데, 이러한 배려가 바로 '열린행정', '봉사행정'

의 구체적 표현이 아닐까 싶다. 같은 맥락에서 담장의 문제도 한번은 다시 생각해 보아야 할 부분이다. 우리나라는 전통적으로 주택이건 관공서건 담장을 두르거나 높이 쌓는 것이 관습화 되어있다.

청사의 경우에는 담장이 있으면 유지관리가 상대적으로 용이하고 집단 민원인들의 접근도 효율적으로 막을 수 있어 그 형태가 그대로 유지되는 듯하다. 그러나 시민의 접근이 용이한 시청이 되려면 역시 과거와 같은 형태의 담장 설치는 개선할 필요가 있다.

이때 시청사 공간은 특별히 장애인이나 노약자에 대한 배려에 신경을 써야 한다. 쓸데없는 계단을 없애고 램프를 만들며 문의 개폐방식을 개선해 신체장애인들도 방문하기에 용이하도록 개선해야 한다. 장애인 전용 출입구나 시각장애인을 위한 점자 표지판 설치는 그들에게 일반 시민들과 함께 살아가지만 약자로서 보호와 배려도 받고 있다는 안도와 안정감을 심어 줄 것이다. 사회적 약자들과 함께 살아가는 진정한 모습은 특정한 날, 특별한 행사를 통해서가 아니라 우리와 다름없는 일상을 그들도 누릴 수 있도록 배려하는 것에서 찾을 수 있고, 청사 공간도 이 점을 간과해서는 안 된다.

시 청사 건물을 '시민센터'화 하기 위해서는 시 행정 기능이나 의회 기능뿐 아니라 다양한 관련 기능의 복합화도 요구된다. 예를 들어 도서관이나 공연장 그리고 공원 등을 인접한 곳에 배치하는 것도 요긴할 것이며, 편익시설 수준의 상업 시설도 시민들의 편의를 위해서는 도입하는 것이 바람직할 것이다. 메트로 토론토 시 청사 지하 공간은

다섯 손가락

전체가 각종 서비스 시설로 꾸며져 눈이 오는 겨울철에 특히 편리하게 이용하는 것을 볼 수 있었다.

　최근 지방자치단체의 청사 건축을 보면 관련 공공시설과의 통합에 대한 이해가 높아지는 것을 체감할 수 있어 다행스런 변화가 아닐 수 없다. 그러나 아직도 우리사회에는 시청을 하나의 '독립된 섬과 같은 관청'으로만 인식하는 경향이 남아있다. 지방자치단체의 '열린 행정'이라는 명실상부한 목적을 달성하기 위해서라도 이제는 시민들이 즐겁게 찾고, 부담 없이 참여할 수 있는 문화공간의 개념을 도입하여 시청이 진정한 시민센터가 될 수 있도록 세심한 관심을 기울여야 할 것이다.

의미 없는 원조 한옥 논쟁

●

●

●

●

●

    우리는 주변의 음식점에서 간혹 '원조갈비'나 '원조 할머니 집' 등 '원조'를 강조하는 간판을 보곤 한다. 우리나라 사람들이 유독 '원조'를 좋아하는 성향이 있기에 생겨난 간판일 것이다. 이때의 원조란 가격도 좋지만 으레 맛도 뛰어난 집임을 믿게끔 노리고 내건 상호일 것이다. 소비자들 또한 이집 저집 맛을 비교해 보지도 않고 무조건 원조집을 찾는 경향이 있다. 그렇다 보니 원조라 하면 무조건 순수하고 유일한 것으로 높게 평가하고, 원조가 아닌 것은 속된 말로 '짝퉁' 취급하며 그 가치를 얕잡아 본다. 이러한 원조 중시 의식이 음식점에만 한정 되는 것 같지는 않고, 다른 분야에도 폭 넓게 배어 있는 듯하다.

    우리의 도시건축 경관은 종종 '한국적'이지 못하다는 평가를 받는다. 일반 시민은 물론, 우리나라를 찾는 외국인들도 한국적이지 못한 도시미관이나 경관에 실망감을 표하는 모습을 어렵지 않게 접할 수 있다. 서울이 600년의 역사를 자랑은 하는데 거리나 건축물, 일상생활 속에서 전통적 모습을 체험하기는 힘들다.

점(點)적으로 흩어져 단편적으로 '보존된 문화재'는 있지만 살아서 함께 숨쉬는 '일상적 역사문화 공간'은 드물기 때문인 것 같다. 그나마 남아 있는 것도 그것이 소위 순수한 역사적 가치가 없다는 이유로 점점 멸실 되어가는 현실이 안타까울 때가 많다.

예전에 육당 최남선의 고택이 서울시 문화재 지정에서 제외되었다는 보도가 있었다. 전문가들은 육당의 고택이 '시대를 대표할 만한 근대 건축물 양식이 아니기 때문'이라고 제외 사유를 밝혔다. 말하자면 그저 평범한 한옥이어서 대표적 '원조 한옥'이 되기 어렵다는 논리이다. 아마도 그러한 기사가 굳이 신문에 실린 것은 문화재 위원들의 결정이 과연 올바른 판단인가에 대한 기자의 의구심과 의문에 힘이 실렸기 때문이 아닐까. 실상 건축의 가치를 두고 이러한 원조여부 논쟁이 벌어지기는 어제 오늘만의 이야기가 아니다.

언젠가는 '청운각'의 문화재 지정을 두고 서울시 당국의 시각과 문화재 전문가들의 입장이 크게 다르다고 보도된 적도 있었다. 그때도 문화재 전문가들은 비슷한 시각에서 청운각이 역사적 가치가 없다고 결정을 내렸으나, 서울시장의 재검토 지시가 있었던 것으로 후속 보도됐다. 이러한 일련의 '사건'을 보며 담당 문화재 위원들이 다소 편협한 역사관을 지니지는 않았나 추측해 본다. 그들은 '당대의 시대정신을 대변하는 원형에 가까운 건축물', 그러니까 '원조'만이 문화재적 가치가 있다는 시각을 견지 하고 있는 듯하다. 원조에서 조금이라도 변형된 것이라면 곤란하다는 의미다.

이런 잣대로 볼 때 인사동이나 가회동 그리고 보문동 등지에 산재된 개량한옥은 '개량'된 것이어서 그들의 눈에는 당연히 역사적 가치가 없어 보였을 것이다. 그런 시각으로 건축물과 도시의 역사적 가치를 판단했으니 그 많은 한옥이 멸실되어도 침묵하고 있었던 것은 아닐까. 일찍부터 이들의 가치를 적극 찾아내어 계몽하며 도시계획 차원에서 보존했더라면 어느 정도까지는 멸실을 줄일 수 있었을 텐데 하는 아쉬움이 남는다. 과거 특정 시대에, 특정 의미를 부여했던 원조 형식이 갖는 고유성은 인정하더라도 그런 형식이 어떻게 진화하여 새로운 요구에 부응하며 살아남았는지에 대한 관심도 중요하다고 생각한다. 이것은 옳고, 저것은 그르다는 이분법적 시각으로 판가름할 일은 아니라는 뜻이다. 이런 시각에서 필자는 개량한옥이 설사 원조 한옥은 아니라 해도, 20세기 초에 선조들이 새롭게 만든 그 공간 속에서 생활하였기에 한국의 근대적 도시주거 문화를 증거하는 아주 귀중한 사례라 생각한다.

한편, 우리사회의 엘리트 건축가들도 '전통적인 형상 자원'의 가치 인식에는 매우 소극적이었다. 예를 들어 오래전 경복궁 내의 민속박물관 건립에 따른 전통 논쟁도 따지고 보면 '추상적 형태(abstract form)'에 의한 현대식 건물이 되어야 하지, 어떻게 과거의 형상(figure)

다섯 손가락

을 재현하는 복고적 건물이 될 수 있느냐는 것이 쟁점이었다.

그리고 북촌의 파괴가 문제가 되자 건축가들이 기획해 내놓은 계획안도 기능적으로는 훌륭한 것이었음에도 불구하고 북촌이 갖고 있는 한옥 풍경과는 맞지 않는 것들이었다. 그 배경 또한 과거 한옥을 변형하는 것은 소위 창작의 영역이 아닌, 과거의 것을 일정 부분 답습한 것이기에 순수하지 못하고 변형된 것으로 보는 원조중시의 시각 때문일 것이다.

그러나 우리의 이웃인 중국이나 일본의 경우는 크게 다르다. 일본 동경의 아사쿠사 사원 앞에 마련된 아케이드, 북경 유리창 지역이나 서안의 고루 주변지역 그리고 상해의 예원지역에 세워진 건축물들은 모두 전통 건축의 모습을 현대적 재료로 재현하면서 도시 속에서 '전통적 건물'로 자리매김하고 있다. 장소의 맥락과 관계없이 언제나 당대의 유일한 '원조' 현대식 건물이어야 한다는 이유로 거부되고 있는 우리의 현실과는 대조적이다.

이런 편협한 건축관이 자리를 잡게 된 데에는 우리의 건축 교육이 한몫을 했다고 본다. 우리는 18세기 이후 근대화 시기에 서양이 가진, 과거 로마나 그리스 시대의 양식화된 건축물들을 콘크리트나 유리 등 현대적 재료로 만들어 낸 역사, 즉 보자르(Beaux Arts) 식의 건축 역사를 갖고 있지 않았다. 우리나라에 보자르 양식의 서양건축물이 소개되던 시기는 일제 강점기 때였다. 이때 절충주의 근대 건축물들이 들어섰지만 이들 건축물들은 식민시대의 건물로 낙인이 찍히며 철거의 대상이 되어 사라지게 된다. 상황이 이러했기 때문에 과거 전통 건축의 양식을 새로운 재료로 변형하여 새로운 기능을 담아 보려는 노력을 해본 우리의 역사는 일천한 셈이다. 서양식 절충주의 건물은 일제의 잔재라며 배제하고, 우리의 전통 건축을 새로운 재료로 접근해 보려는 노력은 이른바 원조가 아니라며 변질된 형태로 간주하여 외면하는 형국이다. 거듭 말하지만 순수한 원조만 찾다 보니 도시의 경관에 시간의 흐름에 따라 축적된 역사성이 결여될 수밖에 없다.

돈화문로의 양쪽 도로변에 현재와 같이 현대식 건물로 들어 찬 모습이 역사와 장소적 의미를 잘 살릴 수 있을지, 아니면 전통 양식의 모티프를 살려 가로변 건물 디자인에 응용하도록 하는 것이 창덕궁과 통합된 도시경관으로서의 의미가 있을 것인가를 한번 생각해 보자. 개별 건축물의 원조 여부를 떠나 창덕궁과 어울리도록 전통건축의 모티프를 응용한 건물이 들어서는 것이 장소적 측면에서 볼 때 그리 나쁘지 않다는 게 필자의 견해다.

70, 80년대 서구에서 벌어진 소위 포스트모더니즘 논쟁이나 신 합리주의의 등장은 미국과 유럽에서 자신들이 처한 상황에서 현대 건축이 결여하고 있는 형상적 문제에 대한 고민의 결과였다는 점은 우리에게도 시사하는 바가 크다.

우리는 그동안 경제사회학자들의 주장대로 압축성장의 시대를 거쳐 왔다. 전근대와 근대, 그리고 현대가 매우 복합적으로 진화되고, 또한 상관관계 속에서 현재화되고 있는 것이 오늘의 현실이다. 서양

다섯 손가락

이 200년간에 걸쳐 변화를 겪어 온 도시 건축의 진화 과정을 우리는 지난 40~50년 사이에 경험을 했다고 할 수 있다. 이렇게 짧은 근대화의 역사 때문인지 우리사회는 거의 전 분야에서 아직도 흑백 논리가 지배하는 예가 많다. 건축계를 포함하여 전통문화만을 사랑하고 고집하는 나머지 변형된 모습이나 소위 말하는 '아류'에는 가치를 두지 못하는 편협한 시각에 머물러 있다는 뜻이다. 식당으로 말하자면 '홍릉원조갈비'만이 진짜 갈비라는 주장이다. 그러나 많은 사람들이 'LA갈비'도 맛있는 한국의 갈비라고들 한다. 변형된 것, 변형되고 있는 것에도 의미가 있지 않을까.

광화문광장, 상징적 시민공간으로 다시 태어나길

●

●

●

●

●

　최근 서울시가 2021년 완공을 목표로 다시 한번 '광화문광장'에 대한 재조정 작업에 들어간다는 소식이 들린다. 조선조 500년의 역사 속에서 형성된 '육조의 거리'를 광장으로 탈바꿈시킨 지 10년도 되지 않았는데 또 다시 개조의 칼날을 들이대려는 모양이다.

　이번에 새롭게 개조하려는 데에는 서울시의 오모 전임 시장이 조성한 현재의 광장 시설이 여러 면에서 부족한 점이 많아서일 것이다. 아마도 광장에 한 번이라도 나가 본 시민이라면 그 산만하고 위태로우며 아늑하지 못한 공간에 만족한 사람은 그리 많지 않으리라. 언젠가 개조되어야 마땅한 조악한 수준이 현재 광화문광장의 수준이라는 데에는 많은 시민들이 공감할 것이다. 그럼에도 불구하고 현재의 그 부족함이 어디에서 오고 또 그것을 개선하려면 근본적으로 무엇을 새

—

롭게 다루어야 하는지에 대해서는 좀 더 긴 호흡과 고민의 시간을 갖는 게 좋지 않을까 생각한다. 남북의 화해와 협력이 진척되고 있는 시점인데다 통일 이후에 서울이 지녀야 하는 도시기능과 위상을 생각할 때 이 도시공간이 국가적 차원에서 어떤 모습으로 개조되어야 하는지에 대한 판단이 현재로선 그리 쉽지만은 않아 보이기 때문이다.

북경의 천안문 광장이나 하노이의 바딘 광장 그리고 평양의 김일성 광장은 그 형식을 모스크바의 붉은 광장(Red Square)에서 차용했다. 중앙에 사열대가 있고 좌우 방향으로 통과 동선이 마련되어 각종 대규모 군중집회나 퍼레이드가 이루어지도록 공간이 조성되었다. 사회주의 국가에서 필요로 하는 대규모 행사를 하기에 적합한 공간 형식이다. 이런 광장에는 동원된 '군중'으로 채워질 수밖에 없다.

우리의 경우 과거 '5.16광장'이 전체주의 체제 속에서 조성된 광장으로 볼 수 있다. 후에 '여의도 광장'으로 이름이 바뀌었지만 그곳에서는 국군의 날 행사가 거행되기도 했고, 빌리 그래함 목사의 강연을 듣기 위해 대규모 군중이 모여들기도 했으며, 100만 인파를 자랑하는 정치인들의 유세가 치러지기도 했다. 그런가 하면 대규모 집회가 뜸할 즈음에는 경인지방의 생산직 근로자들이 자전거를 타며 여가를 즐기던 공간이었다. 누가 공들여 사람을 끌어 모은 게 아니라, 이용하는 사람들의 경제적 부담이 적고, 접근성이 좋아 젊은이들도 자발적으로 모여 나름대로 청소년들이 애용하던 도시공간이었다. 이렇게 국가적으로나 지역적으로 제법 잘 쓰이던 광장을 서울시의 조모 전 시장이 하루아침에 공원으로 바꾸었다. 당시는 군사독재를 허물고 새롭게 탄생된 문민시대였기에 독재 시대의 '잔재'를 처리한다는 시각에서 용도 변경을 추진한 것으로 추측된다.

시대가 바뀌면서 시민의 참여를 중요시하려는 움직임도 빨라졌다. 광장에 대한 새로운 계기가 마련된 것은 2002년 월드컵 때가 아닌가 한다. 시청 앞 '교통광장'에 모여 응원을 하던 붉은 악마들의 함성은 대회 후 자연스럽게 이 공간을 시민들이 즐겨 찾는 '시민 광장'으로 바꾸는 계기가 되었다. 현재의 서울광장이 태어나게 된 배경이다. 서울광장은 접근성이 양호하고 또 주변의 여러 건물들과 마주하고 있어 잘 활용되는 광장 중의 하나다. 그러나 서울광장에 이어 청계천 복원과 함께 마련된 청계광장의 출현으로 점차 우리 사회는 광장 만능주의에 빠져든 감이 없지 않다. 광장 조성은 무조건 바람직한 정책이라는 생각이 자리를 잡게 되었다. 이런 배경에서 오랫동안 세종대로로 이용이 되던 국가의 상징가로를 광장으로 바꾸는 사업이 진행되었다. 이때 광장을 만들기 위해 제법 오래된 양쪽의 가로수를 없애 버렸고 그 결과, 현재와 같은 을씨년스럽고 산만한 '광화문광장'이 들어선 것이다.

과거 민주당으로 출마해 당선된 조모 전 시장은 여의도 광장이 '대규모 광장'이기에 군사문화, 전체주의 문화를 대변하므로 문민화를 위해 '공원'으로 전환했는데, 그 후 보수 진영의 오모 전 시장은 그 반대로 도시의 한복판에 역사적 의미가 있는 상징가로를 없애고 '대규모 광장'으로 바꾼 것이다. 정치적으로만 본다면 어딘가 그 역할이 뒤바뀐 감도 없지 않다.

이러한 행정은 우리 모두가 대규모의 도시공간에 대한 공유 인식이 크지 않음을 드러낸 사례가 아닐까. 광장이란 그 크기와 위치에 따라 사용에 적합한 용도가 결정될 뿐이지, 같은 대규모 광장을 두고 하나는 사회주의 산물로 인식되고 다른 하나는 민주화의 산물이라고 말하긴 어렵다. 비록 그것이 어떤 정치적 이념을 염두에 두고 조성되었건 대규모 광장은 대규모 집회를 필연적으로 불러온다. 그래서인지 자유 민주주의 국가인 영국이나 프랑스, 독일이나 미국조차도 수도의 도심에 최근에 우리가 갖고 싶어 하는 것과 유사한 대규모 광장은 없다. 대신 상징적 가로가 오히려 국가중심으로 마련되고 있다. 미국의 수도에 있는 워싱턴 몰은 중앙에 녹지대공원을 마련하고 그 양 옆에 가로를 조성하여 각종 국가 공공 기관을 배치하는 방식으로 도시의 중심공간이 조성되었다. 흑인 킹 목사가 선두에 서서 진행한 인권운동이 바로 이 공간에서 비롯되었다. 파리의 샹제리제 거리도 각종 국경일의 행사 중심지이자 축구나 큰 경기가 있을 때에 시민들이 모여드는 승리의 길이다. 이처럼 가로 공간도 광장만큼 정치적 집회나 축제의 공간으로 쓰일 수 있음을 보여 주고 있다.

다시 우리의 광화문광장으로 돌아가 보자. 이 육조의 거리는 그 폭원이 약 100미터, 길이가 500미터 정도 되는 종축방향으로 긴 공간이다. 보통 모양 좋은 광장이 되려면 광장공간의 3면 또는 4면이 나

| 휴식이나 상징성과는 거리가 먼 광화문 일대 |

름대로 의미 있는 건물로 구획이 되어 광장 공간에 위요감(圍繞感: sense of enclosure)을 주어야 광장이 가지는 의미 있는 분위기 조성이 가능하다. 그런 뜻에서 광화문광장은 과연 좋은 도시 광장이 되기에 필요하고도 충분한 조건을 갖추었을까. 우선 남쪽과 북쪽에서 막아 주는 건물이 빈약하거나 아예 없다. 과거 중앙청이 있을 때에는 북측에 그런대로 버텨 주는 건물이 있어 안정적 폐쇄감 형성에는 일조가 되었다. 그러나 경복궁의 담과 광화문으로 광장의 한 쪽을 마감하는 데에는 다소 미약한 면이 있다. 그리고 동쪽이나 서쪽의 가로변 건물은 건축선이 맞지 않아 들쭉날쭉하고 높이까지 크게 달라 안정감 있고 아늑한 공간으로 자리 잡기 어렵다.

이처럼 광화문광장은 짜임새 있는 도시공간이라 하기엔 크게 부족한 게 현실이다. 게다가 가로수까지 없어져 그늘이 사라지면서 질서

다섯 손가락

없고 삭막한 단순 광활한 공간이 되어 버렸다. 부담 없는 마음으로 거닐고 싶고 때로는 앉아서 담소를 나누고도 싶은 소시민들을 위한 공간이라고 하기에는 거리가 멀다. 광장의 모습과 성격도 나라마다 그 문화와 정신을 반영하고 있는 것이 상식이다.

이러한 시각에서 볼 때, 우리의 경우 아직은 광장의 역사가 일천하다. 우리나라 어느 도시에서든 서구에서 보는 것처럼 진정한 시민의 마당 역할을 하는 광장은 찾아보기 힘들고, 대부분 행사용 공간으로 머무는 실정이다.

독일계 미국인으로 건축가이자 도시학자인 폴 주커(Paul Zucker, 1888-1971)는 광장을 '도시의 심리적 휴양소(psychological parking place)'라고 정의한다. 그만큼 좋은 광장은 도시민에게 '안식'을 주어야 한다. 물론 광장은 때에 따라 장터가 되기도 하고 문화행사장이 되기도 하고 의식이나 군중집회 장소가 될 수도 있다. 그러나 그와 같은 행사가 끝난 후 일상의 모습으로 돌아왔을 때는 언제나 도시민에게 다시 안식을 줄 수 있어야 진정 사랑받는 광장이 아닐까. 과연 우리는 가로와 광장 그리고 공원에 대한 어떤 의미와 철학을 지닌 채 함부로 이리저리 개조를 하는지 자성의 시간이 필요한 시점이다.

서두른 중앙청 철거와 길게 남는 아쉬움

●

●

●

●

●

누구에게나 우연히 그러나 극적으로 어떤 역사의 현장에 머물게 되어 그 사건이 오랫동안 가슴에 잔상으로 남아 있는 일들이 있으리라. 20여 년 전 YS정부가 오랜 동안의 중앙청의 존치 여부 논쟁을 마무리하고 역사 바로 세우기 차원에서 본격적으로 중앙청을 철거한다고 하던 즈음에 겪은 일이다. 직장이 지방에 있었던 필자로서는 서울, 그것도 광화문의 중앙청 근처는 자주 가지 않는 장소였다. 그런데 우연히, 그것도 철거의 백미라 할 수 있는 중앙청 청동색 돔 위에 상투처럼 생긴 랜턴(lantern) 부분을 크레인으로 끌어내 대지에 부려놓는 그 시각, 그 순간에 바로 그 앞을 지나갔다. 중앙청의 머리에 해당하는 돔(dome) 위에서 오랫동안 경복궁을 아래로 두고 한인 위에서 군림하던 랜턴과 마주치게 된 것이다. 중앙청 꼭대기에 자리하고 있을

다섯 손가락

때에는 존재 여부를 알 수도 없고, 잘 볼 수도, 보이지도 않았던 건축 부재를 바로 눈앞에서 보니 긴장과 흥미가 솟구쳤다.

적장의 머리 위에 달려있던 상투를 베어내 바로 발아래 가져다 놓은 것과 같은 극적인 순간이었다. 그와 동시에 커다란 붉은 색 보석 '루비'가 나의 눈길을 사로잡았다. 눈에 띄지도 않을 맨 꼭대기에 박혀있는 건축물 부재가 값비싼 보석이라니! 게다가 그 보석의 가공 처리 솜씨가 석재와 잘 어울려 수준 높은 공예 작품을 방불케 했다. 제자리에 있을 때는 그저 작고 뾰족한 피뢰침처럼 여겨졌던 것이 바로 이 보석 공예품이었던 것인데, 그 정교하고 세밀한 자태 앞에 숙연함마저 느껴졌다. 당시 점령 정부가 귀중한 예술작품으로 돔의 최 상부 꼭대기를 장식했음을 보고 새삼 감동하게 되었던 것이다.

순간, 이제 철거 팀들이 저 랜턴을 어떻게 할까 조바심 나게 궁금해졌다. 왜냐하면 나는 그 무렵 중앙청을 철거하더라도 경복궁 전정 중앙청이 있던 바로 그곳의 일부를 지하화해서 돔을 묻어 두고 우리의 국치를 기억하자는 글을 기고한 적이 있었다. (〈구 총독부 건물의 지하화를 제안하며〉, 한국건축가협회지 「건축가」, 1996년 10월호)

그 후 짧지 않은 세월이 흘렀다. 이제 중앙청을 더 이상 기억하고 철거된 부분을 궁금해 하는 사람이 주변에는 별로 없다. 그렇게 잊혔던 것이다. 그런데 우연히 외국에서 온 어느 사진작가와 독립기념관엘 동행할 일이 생겼다. 그런데 그곳에서 중앙청 돔의 청동제 랜턴과 또다시 마주치게 될 줄이야!

| 루비가 사라진 중앙청 돔의 랜턴(lantern) |

　아! 이게 왜 여기에 와 있는가? 의문이 드는 순간, 곧 이어 '아마도 그때 철거한 후 이곳으로 옮긴 모양이구나.' 하고 바로 짐작이 됐다. 그러고는 나도 모르게 그때 나의 가슴에 진한 인상을 남겼던 붉은색 '루비'를 찾아보았다. 그러나 보고 또 보아도, 눈을 씻고 보아도 루비는 있어야 할 그 자리에 없었다. 누군가의 '손을 탄' 모양이었다. 짐작컨대 도굴꾼들이 틈을 노리며 옛 무덤을 파헤치듯, 철거 후 관리자의 무관심 속에 루비가 사라진 것이리라. 그때 느낀 허탈함과 씁쓸함

　　　　　　　　　　　　　다섯 손가락

이란…. 한민족 모두의 한이 맺힌 '상투'를 꼭 이렇게 팽개쳐야 했는지? 순간 멍해지지 않을 수가 없었다. 지금 생각해도 가슴이 쓰리도록 아픈 기억이다.

당시 중앙청 철거에 즈음하여 논쟁이 한창이던 때, 나의 지하화 주장은 건물 전체를 지하화하자는 게 아니라 그 건물에서 가장 중요한 돔과 랜턴을 대상으로 하자는 방안이었다.

철거하려는 중앙청 건물은 거대해서 건물 모두를 지하화하는 것은 또 다른 역사 현장의 파괴가 예상되었기에 어려워 보였다. 그러나 돔은 부피가 크지 않아 드럼 부분(돔을 받치고 있는 사각형태의 석조부분)과 함께 지하화한다면 커다란 역사적 상징 효과와 교육적 의미를 얻을 수 있을 것이라고 주장한 것이다.

지상의 경복궁 경관을 해치지 않으면서 과거를 잊지 않도록 하는 바람직한 대안이 나올 수 있을 것 같았기 때문이다. 그렇다고 해서 일제의 잔재를 그대로 지하에 '안치'하거나 '보존'하자는 것은 아니고, '극일의 상징적 의미'를 되새길 수 있는 프로그램을 개발하자는 뜻이었다.

양식건축에서 돔은 인체의 얼굴에 해당하므로 돔만 지하화해도 일제의 '목'을 매장시킨다는 상징적 효과가 있으리라 보였다. 특히 돔 하부 사각형태의 드럼 공간에서는 요즘의 발전된 영상물 제작 기술을 이용해서 어렵지 않게 일제의 만행이나 독립운동의 발자취를 증언해 줄 수 있으리란 생각이 들었기 때문이다. 그런데 그 귀한 자원을 서

둘러 철거하더니 종국에는 그 흔적이 유명무실하도록 방치되고 있음을 보게 된 것이다. 왜 우리는 철거라고 하면 무조건 그리 급박하게 작전하듯이 움직이는지 안타깝기만 하다. 그리고는 철거 후의 재활용 문제에 대해서는 전혀 고민을 하지 않는다.

약 40여 년 전, 파리의 루브르 박물관을 둘러본 적이 있다. 당시에는 별로 방문객도 많지 않았고 활기가 대단하지도 않았던 곳으로 기억된다. 그러던 루브르 박물관을 최근에 다시 방문해 보니 유리 피라미드 하부에 기념품점과 박물관의 일부를 지하화하여 재미있는 공간으로 개조한 것을 알게 되었다. 이로 인해 방문객도 급격히 증가했고 박물관도 함께 활기를 띠고 있었다. 일반적으로 박물관이란 의미 있는 장소이기는 해도 재미를 주는 공간은 아니었는데, 프랑스인들이 보여준 지혜로 같은 장소가 크게 탈바꿈한 것이다. 이렇게 지하화하는 방안은 지상 부분에 오랜 세월 동안 얽혀있는 각종 역사 문화유산을 보존하면서도 장소를 활성화시킬 수 있는 유용한 기법으로 널리 알려져 있다.

그러나 우리의 경우 문화재 복원 사업이 단선적으로 이루어지다 보니 언제나 보전(preservation) 위주로 진행되는 경우가 대부분이다. 궁궐 복원 작업은 그 자체로써 조선시대의 '원조' 역사를 되찾는다는 의미는 있겠지만, 우리의 근·현대 역사를 송두리째 없애 버렸다는 측면에서는 아쉬운 부분이 적지 않다.

그런데 중앙청을 흔적도 없이 철거한 요즘 광화문광장을 새롭게 개조하자는 움직임이 일고 있다. 광화문광장을 흥미 있는 장소로 만들려면 그야말로 살아있는 우리의 역사와 스토리가 있어야 하지 않을까. 일제 강점의 상징인 중앙청의 잔재를 송두리째 없애 버린 지금 아무리 궁궐 앞에서 벌어졌던 일제의 만행을 증언해 보아야 그다지 큰 효과는 없으리란 생각이 든다.

구 총독부 건물의 부분을 '극일화'의 수단으로 '지하화'하면서, 서울 도심구조와 연계시켜 개발했더라면 일본인들의 문화적 침탈의 현장을 후손들에게 알리고, 일본인들에겐 굴욕감과 수치심을 안기며, 외국인들에겐 색다른 의미를 부여하는 동시에 볼거리를 제공할 수 있었을 것이다. 그동안 우리는 문화재를 복원하는 데에만 급급하며, 그것을 근·현대의 역사와 도시구조 속에서 새롭게 해석하고 창조하려는 부분에서는 미흡했던 게 사실이다. 서울은 600년의 역사가 있는 도시라고 하면서도 시민들이 그 긴 역사를 일상생활에서 체험하기에는 어려운 도시가 되어버렸다. 논의 없이, 그리고 대책 없이 시행한 중앙청 건물의 철거와 처리 결과를 보며 아쉬움이 길게 남는다.

명동 개발을 보는 건축가의 시각

- ●
- ●
- ●
- ●
- ●

　명동이 변화하고 있다. 서쪽으로부터 보면 중앙우체국이 현대화되었고, 오래전에 중국대사관 공사도 끝났다. 명동역 입구에는 밀레오레와 타비 빌딩이 들어선 지 오래고 언제부터인가 중앙길 한가운데의 엠 플라자는 명동의 중원을 점령한 듯 높이를 뽐내고 있다. 동쪽으로는 고가도로가 철거된 후 을지로 변 도시환경정비사업에서 보이듯이 개발이 현재 진행형이다.

　이처럼 명동을 에워싸고 모두가 한결같이 대형화되고 현대화되는 추세다. 여기에 공공에서 추진한다는 명동의 디지털 미디어 유-시티화 사업은 현대화에서 한발 더 나아가 명동의 '첨단화'를 이루겠다는 포부가 엿보인다. 그리고 상가 번영회 사람들은 가로에 경관조명을 만들어 좀 더 반짝거리는 거리 만들기에 관심을 보이고 있는 것이 지

| 언덕 위에 세워진 성스러운 명동 성당 |

금 명동을 둘러싼 '실세'들의 움직임이다. 여기에 명동성당측도 도시
구조가 개편됨에 따라 대응전략 마련에 부심하고 있는 것 같다.

그러나 지금 이 모든 개발의 지향점이 어디를 향하고 있는지 명확
하지 않다. 아니 지금 제각기 서두르고 있는 개발의 목표가 달성되면
과연 명동은 명동다워지고, 성당은 성당대로 그 의미를 되찾을 수 있
을지 의구심이 들기도 한다. 변화의 와중에 있는 지금 이 시대는 명
동과 명동성당의 상관적 존재가치에 대해 근원적인 질문을 해보아야
할 시기인 것 같다.

왜 많은 사람들이 명동을 좋아하는가? 누군가가 내게 묻는다면 명
동이 가지고 있는 '다양성(variety)'이 바로 명동매력의 요체라고 답하
고 싶다. 서울의 도심에서 명동만큼 다양한 계층의 사람이 즐겨 찾는
장소도 드물 것이다.

20세기 들어 일본인들이 혼마찌(本町)라고 해서 그들이 즐겨 찾는 상업거리를 만들었지만 일찍이 이곳은 명례방으로 17세기 정조 시대에 이벽, 정양용 등이 천주사상을 받아들인 천주교 역사의 시발점이었고, 18세기 김범우 선생이 이곳에서 순교하며 순교의 역사도 함께 갖고 있는 종교적 의미가 있는 지역이다. '가톨릭 성지'의 이미지와 일본인들에 의해 근대화된 '상업거리'가 명동에 전해오는 장소적 유전인자들인 것이다.

우선 상업의 거리 명동에는 지금도 골목골목, 음식점에서 양품점에 이르기까지 다양한 점포가 들어서 있다. 일본인들이 좋아한다는 삼계탕, 돈까스, 불고기 집이 있는가 하면, 아직도 건재한 명동칼국수집이나 신정의 먹거리들은 관광객들뿐만 아니라 이곳을 기억하는 장년층에게도 아직은 추억의 보고이다.

더욱이 강남의 분위기와는 달리 낡은 건물, 작은 공간을 찾는 사람들에게 명동은 사람의 체취를 느끼게 해주는 정감이 있는 장소다. 우리는 낡은 건물을 보면, 철거하거나 재건축해야 할 하나의 골칫거리나 해결 과제로 보려는 시각이 있다. 소방이나 방재의 문제를 들먹이며, 대형화·현대화되어야 한다는 강박적 사고가 작동하는 것이다. 그러나 도시의 다양성을 지켜내려면 바로 작은 필지에 오래된 소형 건물이 '효자' 노릇을 하는 그 순기능을 이해해야 한다. 새로운 고층 건물에 입주가 가능한 도시기능이 있고, 낡고 작은 건물에서도 편하게 영업을 할 수 있는 업종이 있다. 지금 현재 명동에서 즐길 수 있는

다섯 손가락

많은 먹거리나 볼거리, 입을 거리는 바로 상대적으로 '열악한 공간'에 있기에 가능한 것들이다. 도시사회학자 제인 제이콥(Jane Jacobs)은 작은 가구(small block)와 낡은 건물(old building)이 도시의 다양성을 부여해 주는 요체임을 주장한 바 있다. 명동이 대형 건물로 채워지는 순간, 명동은 죽음의 길로 간다는 생각을 염두에 둘 필요가 있다.

그리고 명동을 새롭게 인식하려면 현재 명동길이 어떤 특징을 지닌 길인지 그 본질적 특성을 파악하는 것도 필요하다. 명동에는 여러 갈래의 길이 있지만 동서방향의 명동길과 충무로길은 차량 통행이 가능한 길이고, 남북방향의 중앙길, 명례방길, 명동2길은 보행자들이 가장 즐겨 다니는 길이다.

대학로나 인사동길처럼 서울에서 남북방향의 길은 계절에 관계없이 밝은 외부공간이 될 수 있는 자연조건이 갖추어진 길이다. 그래서인지 우리는 남북방향의 길을 좋아한다. '밝음'을 좋아하는 한국인의 특성도 있는 것 같다. 그러나 일본인들은 조금 다르다. 메이지시대 대문호인 다니자키 준이치로의 『음예예찬(In Praise of Shadow)』을 보면, 일본이 근대화의 길을 걸으며, 일본인들의 문화적 혼을 '어둠'에서 찾았다는 것을 알 수 있다. 그는 '어둠의 미학'이 일본적이라는 것을 간파해내서 많은 일본인들의 공감을 얻어냈던 것이다. 비록 명동이 어느 골목이나 주말이면 보행자들로 꽉 들어차지만, 남북방향의 골목은 '밝음의 미학'을 살려보고, 동서방향의 작은 골목과 건물사이의 공간은 친근함을 느낄 수 있도록 '어둠의 미학'을 살려가면서 개념적으로라도 도시의 골목 공간을 교직시키면 어떨까 생각해 본다.

동서방향의 골목에서 일본식 카레나 돈까스를 만드는 호노지 지하 식당이 위치하게 된 것은 우연이 아니라고 생각한다. 이 음식점은 옆의 옷가게와 더불어 유리 건물로 현대화되어 가는 명동개발에 반발이라도 하듯 '녹슨 양철'로 외부단장을 하고 있다. 아마도 이곳을 방문하는 일본인들의 향수를 자극해 보려는 상술이겠지만, 그러한 외관이 일본인들의 어두운 골목 선호 취향을 간파하고 있는 '작품'임에는 틀림없다.

또 한 가지, 명동에는 인파 속을 떠밀려 다니느라 피로에 지친 사람들을 위한 아늑한 쉼터가 없다. 사람들 속을 헤집고 다니며 그 맛과 재미를 느끼지만 간간이 쉬어가며, 좀 더 오랜 시간을 명동에 머물게 해주는 공간이 부족하다. 그저 작은 규모의 상업공간의 연속일 뿐이다. 따라서 좀 더 수준 높은 명동이 되려면 대형 건물을 중심으로 내부에라도 공공 공간을 제공하는 일에 노력을 기울여야 할 것이다.

한편, 동쪽의 고가도로가 철거된 후 명동성당 측도 여러 가지로 진통이 있지 않을까 추측된다. 그 중에 중요한 교훈이 있다면 과다한 프로그램을 요구해서, 지금의 지형을 훼손하는 것은 문제가 될 수 있음을 깨닫는 것이다. 성당이 갖는 민주화 성지로서의 의미를 구현하려고 '대형건물'과 '대형광장'이 제안된 것이 오히려 성당의 본래적 의미를 퇴색시킬 수 있다. 명동성당이 '구릉지와 어울리며 오래된 일반 건물에 둘러싸인 성당'으로 남아있기를 원하는 시각도 분명 있으리라

다섯 손가락

생각된다. 명동 길에서 자연스러운 언덕길을 올라가면서 전개되는 성당의 이미지는 신도들에게는 물론 일반 방문자들에게도 도시 내에서 가장 드라마틱한 경험이 될 수 있지 않을까.

　프랑스의 몽생미셸(Mont Saint-Michel)성당이 아름다운 것은 고딕 첨탑의 '건축'(architecture) 자체가 화려해서가 아니라, 성당을 중심으로 그 아래에 옹기종기 둘러 있는 작은 규모의 일반 건물이 자연과 통합적인 조화를 이루고 있기에 더욱 강렬한 인상을 준다. 성당이 이미 '건축(figure)'이기에, 주변은 배경(ground)으로 존재하는 것으로 충분하다고 생각한다. 성당의 크기에 도전하거나, 자연환경을 훼손하는 과다 디자인은 그것이 비록 기능적일지는 모르지만, '장소의 진실성'은 영원히 묻혀버릴 수 있다. 위치 상 언덕 위에 있음을 잊지 말고 명동성당의 주변은 가급적 동질의 재료, 동질의 형상으로 오랜 시간을 갖고 점진적으로 가꾸어 가는 것이 순리가 아닐까 생각한다. 명동성당과 명동은 성(聖)과 속(俗)이 함께 있는 자랑할 만한 우리의 문화적 자원이다. 명동만큼 재미있고 자잘한 세속적 환경과 성스러운 몸체가 어우러져 있는 곳도 많지 않다. 그만큼 이 두 가지의 존재가 각자의 개별적 특성을 유지하며 현대 도시구조에서 공존하는 길을 모색해 보는 것이 명동 개발의 최대 당면 과제가 아닐까 한다.